特集 ◉ 早稲田の「街」

火野葦平「街」作品集

JN195038

表紙絵・火野葦平／カット・青柳喜兵衛

火野葦平「街」作品集

狂人

ある朝、私は起き抜けに友人のＳ・Ｓから次のやうな葉書を受け取つた――

「玉井君、さようなら、僕は癲狂院へ。僕には何のことか少しもわからない。みんなが僕を癲狂院へつれて行くのだ。僕には何のことかわからないけれども、行くつもりである。その方が僕に取つては幸福に違ひないと思ふからだ。ただ気になるのはリダのことだ。リダは僕が癲狂院へ行つたと聞いたらどんな顔をするだらうか。君からよろしく云つてくれ給へ。それから君も暇があつたら時々は話しに来てくれ給へ。近頃何かいいものでも書けたかね。ではさようなら」

癲狂院へ？　癲狂院へ？　あの男が？――しかしさう呟いた後で、あの男なら狂人になるかも知れないなと私は思ふのである。Ｓ・Ｓは私の中学時代からの友達で、まだ子供気の抜けない彼等の間にあつて、何時も何となく長せた、神経質な顔をして黙りこくつてゐた、一寸肺病やみの中世騎士と云つたやうな型の男だつた。彼は何時も瞑想的な眼をしながら、勿論気取りも多分にあつたらうが、英語の詩集を離したことがなかつた。彼は当時私の中学校に会話を教へた《ママ》来たフイツシヤアといふ英人の家に寄寓してゐたので、英語は学校中の誰よりも、会話などの点では時には先生たちよりもうまかつた。彼は私たちが柳浪や涙香を耽読してゐる間に、シエリイやキイツを原語で読んでゐるのだつた。彼も日《ママ》分で詩を作つてゐたやうである。それを私に見せてくれた。彼は外の友人達は妙に白眼視してゐて、必要以外の口はあまり利いたことはなかつたが、どうしたものか私とは割合に仲がよかつた。私はその詩をもう覚えてはゐない。しかしあの時、勿論あの当時だけの観賞眼で、感心したのは事実である。私たちは学校の裏山に春の日を浴びて歩きながら、大きな希望を語り合つた。お互に若かつた。中学校を卒業すると私たちは暫く別れ別れになつた。私が東京で初めて彼に再会したのは、七年の歳月が過ぎてからであつた。彼はすつかり変つてゐた。擦れちがつても知らなかつた。呼びとめられて初めて昔の友人だつたといふことがわかつた。もちろん私も変つてゐたではあらう。しかしS・Sの変り方はまるで違ふのである。彼の蒼白い顔はますます砥いだやうに冴えてゐた。中学校の時にはかけてゐなかつた縁なしの眼鏡の後に、ふとカルル・メンゼのある肖像画の一つを思ひ出させたやうな、底光りする二つの深淵のやうな眼があつた。私は病気なのぢやあるまいかと思つた。彼はまつ黒の背広に、暗緑色のネクタイを大きく結んで、銀座の夜燈に黒光りする短いマントを引つかけながら、少しかう前こごみになつて歩いてゐた。そして彼が「やあ」と云つて黒いリボンのついた黒い帽子を取つた時、ふさふさと漆黒な長い髪の毛が、非常に質のいい絹糸の束の様に、音もなく動いたのだ。それから私は時々早稲田の彼の下宿に遊びに行つた。彼は諏訪の森に近い或る洋館の一室を借りてゐた。彼も碑文谷の私の下宿に遊びに来た。彼は中学校時代よりも異常に神経質になつてゐる。電光のやうに感じ易くなつてゐる。私は彼のあまりの細心さを心配した位だ。神経質であるといふ以上に、かう、何か怖えてでもゐるやうな、そはそはした様子をすることが時々あつた。そしてそんな時にはきつと興奮して、何時にない高い声で、柄にない冗談を云つたり、下手な洒落を飛ばしたりするのだつた。医者に見て貰つてはどうだと云つても、僕は病気ぢやないと云つて聞かなかつた。そしてその後で私を恨めしさうな眼でまじまじと見るのである。——しかしそのS・Sに会はなくなつてからもう四ケ月になる〔。〕この四ケ月の間に何か重大な生活上の変動があつたに違ひない。そして空気よりも弱い心を持つた彼が、その打撃のために神経を痛められてしまつたのに違び《ママ》ない。しかしそれにしても、この葉書の文面で見ると、これが狂人の書いたものだと思はれるであらうか。この文面にあらはれてゐるS・Sは私が四ケ月前にカフヱ・リヨンでアンリ・ルソオを論じたS・Sと少しも変りはない。どうも変に思はれるので、兎に角一ぺんS・Sの家に行つて見ようと思つた。

　私がかう思つて出かけようとしてゐると、早稲田にゐる友人のO・Nがやつて来たのだ。彼は日頃に似ずちつとも元気がなかつた。それが単に疲れてゐるといふのではなくて、何かしよげてゐるのだ。彼は私が出かけようとしてゐるのを見ると慌てゝ止めた。私が、今朝こんな葉書が来たけど、どうも変だから行つて見ようと思つてゐるのだといふと、彼は

「そのことで僕も君の所にやつて来たのです。まあS君の所に行くのはお待ちなさい。その前に是非話さなければならないことがありますから」

　そして彼は先に立つてずんずん私の部屋に通つた。私もその後からつゞいた。彼は蒼白な、ものすごい程緊張した顔を

して、座つてゐた。彼は長い髪の毛を両手で摑んだまゝ、じつと畳の目を睨んでゐた。私はそのきざな様子が一寸不快だつた。

「話といふのは？」

私はせつかちに訊ねた。

「これを見て下さい」

O・Nはさう云つて懐から一冊のノオトを取り出した。

「これはS君の日記帳なのです。尤も日附けも何もないから手記と云つた方がいいかも知れません。これは狂人の手記なのです。そして狂人の手記では決してないのです。とにかくこれを一ぺんお読み下さい。こゝから（と彼は頁を示して）お読み下さればいゝのです。それから僕の話をしませう」

手記は胡麻のやうな、いかにもS・Sらしい、神経質な小さい字で埋めてあつた。それも先になつて来るとだんだん粗雑になり、大きくなり、乱れてゐる。私はすぐにO・Nに云はれた所から読み初めようとした。するとO・Nがあはてゝ

「僕は失敬します。ゆつくりお読み下さい。読んでおしまひになつた頃、僕はまた来ますから」

とさう云つてそそくさと出て行つた。

そこで私は異常な緊張を感じながらS・Sの手記を読み初めた――

……………………………

新宿の武蔵野館で「カリガリ博士」を見て帰つた晩、私は夜つぴて、私のリダのことを考へ暮した。私のリダは素的である。リル・ダゴフエルのリダよりもすてきである。楔形文字のやうな怪しいタイトルに、ふいにLidaといふ懐しい字がうつつた時、私はどんなにびつくりしただらう。私が思はず「リダ」と呟くと、隣に居たO・Nがにやりと笑つた。初心な話だが、私はちよつと赤くなつて「ふふふ」と、何とも自分でもわからない笑ひ方をしたが、なにしろ私のリダはすてきである。あの眼、あの鼻、あの口、あの歯、あの耳、あの髪、あの手、あの足、あの股………

Lida
Lida
Lida
Lida
Lida
m'chere Lida――

De ton pied adolescent, tu as touché notre sol qui en a frémi de délices et rayonne !
Et la clarté de tes yeux a chassé au loin les ténèbres de la nuit
Pour te revoir, ô jeune fille, me voici prêt à parfumer ma demeure de musc, d'eau de roses et résines aromatisées.

マルドロの「亜剌比亜夜話」を読んでゐるとこんな詩がある。いい詩を書いたものだ。もしも私がもう三千年も早く生れてゐたならば、この心にくきまでに美しい詩句を、決して亜剌比亜の桂冠詩人に先んじられはしなかつたらうものを。そして ô jeune fille の代りに私の jeune Lida の名前が宝玉のやうに歌ひこまれてゐたらうものを。

急に犬の吠える声がした。私はびつくりして眼を覚ました。ぞくぞくと寒気がした。やがて小母さんが顔を出して、「何か無くなりはしませんでしたか」と訊ねた。泥棒だつたらしい。何も別に無くなつてはゐないやうである。小母さんが行つてしまふと私は急に恐しい寒気を感じた。火鉢にはもう火の気はない。つついて見ると白い灰がほろほろと砕ける。私はじつと耳をすました。もう何の物音もしない。しかし私は狙はれてゐたのだと思ふと、堪らない気味の悪さを感じた。もし犬がゐなかつたら泥棒は窓からこつそり中に忍びこんで来ただらう。そして何にも知らないで寝てゐる私の傍で、勝手なことをしたのだ。もし彼がさう思へば私を殺すことも出来たのだ。私はぞつとした。まだどつかでじつとこの部屋を窺つてゐるやうな気がする。多分蝙蝠のやうにぴつたり壁にくつついて。どうも寝つかれない。時計を見ると二時十三分すぎである。私は床に入つて詩集を開いた。何を書いてあるかさつぱりわからない。夜はしんしんとつき刺すやうに感じられる。と又犬が吠えた。ばたばたと足音がした。私はひやりとした。やつぱり俺は狙はれてゐたのだ！ もう寝てなどは居られない。私は弾ね起きて着物を着た。ぶるぶる身体が顫える。しかしもう何の音もしないのだ。だが音のしないことなんてあてにはならないぞ。私は部屋の中をあつちこつちと歩き廻つた。しかし考へて見るとこれは危険だといふことに気がついた。もし泥棒がピストルでも持つてゐたら、さあ打つてくれと此方から頼んでゐるやうなものだ。そこで私は電燈を消した。月光が硝子窓からさつと入つて来て、床の上に蒼白い四角を画いた。夜は冴えてゐる。先刻二時すぎだつたから、まだ夜はなかなか明けまい。かうして夜の明けるまで待つてゐるのは大変だ。泥棒に声をかけて見ようか。泥棒だから金が欲しくて来たのだらう。金はやるから帰つてくれと頼まうか。そしたら安心して眠れるだらう。さう思ひはしたものの、どうも声が出ないのだ。「泥棒さん」といふのだらうか。これは変だ。「あなた」かな。これも変だ。「もしもし」とやるか。「君君」の方がいいかな。何にしても呼びかけるのは気味が悪い。やつぱりかうして夜を明すより外はなさそうだ。それにしてもエルはどこに行つたかしら。私はそつと口笛を吹いた。吹いたかと思ふと私はびつくりして寝台の後に身を隠した。ちやらちやらと首輪の音がしてエルが窓のところに来たやうだ。もうそこらに泥棒はゐないらしい。私は幾分安心して窓の処ろに歩み寄つた。だがどうも窓を開けてしまふ気にはなれない。月光の中に私の顔を見たエルは、前肢を窓の框にかけて、嬉しさうに尾を振りながら「くうんくうん」とないた。もう泥棒はゐないのだ。私は安心してベツドに入つたが、それでもうつらうつらしてゐて、時計の打つのをみんな知つてゐた。

朝、近くにゐるO・Nが楊子を咬へてぶらぶらやつて来たので、その話をすると「肝の小さい男だ」と云つて腹をかかへて笑つた。「泥棒なんて案外可愛いいものだよ」と彼は云つて、彼が泥棒をとり押へた時の話をしてきかせた。O・Nは柔道三段である。

（中略）…………

たのまれた詩稿を現代詩社に送つて、煙草を吹かしてゐると、O・Nが何時にない真面目な顔をしてやつて来た。彼は入つて来たかと思ふといきなり一通の葉書をさし出した。読んで見ると簡単に「ダニヱルが上京しました。気をおつけなさい。Aより」と書いてある。私ははつとした。

「君はダニヱルがどんな奴だか知つてるかね」

とO・Nが私に訊いた。

「何でももと欧洲航路の船員だつたさうだね。孤児だつたので、T教会のフイツシヤアさんに養はれてゐたといふことだつた」

「それだけかね」

「北独逸生れだとか云ふことだつたよ。T教会に来た当時には、まだお国訛りが抜けなかつたが、僕が東京に来る頃にはもう全く純粋の英語を話してゐた。それに詩も書くとかでね。なに大した詩でもなかつたが、北独逸生れにしては趣味が高いぢやないか」

「君の知つてゐるのはそんなことだけかね。もつと外のことを知らないかね」

「別に知らない」

「あいつは前科者ださうだよ」

「さうかね」

「さうかねは驚いたな。これはみんな君に関係してることなのだ。あいつはシンガポオルで殺人未遂で二ケ年つながれたことがあつたのだ。僕は出鱈目を云つてるのぢやない。何でもカルタのことから口論を初めたらしいのだ。そしてダニヱルが相手の太股をジヤック・ナイフで突き刺したのだ。見た者の話を聞くと、その時ダニヱルは血を見てげらげらと心地よささうに笑つたさうだよ。ダニヱルはこんな男なのだ。T教会に来た時には馬鹿におとなしかつたさうだが、それをみんなは悔ひ改めたものだと思つてゐたのだらう。みんなといふのはおかしい。ダニヱルの前身を知つてゐるものはA君より外にはなかつたからだ。外の連中はみんな彼を善良な独逸人だと思つてゐたのだ。かつぷくはあれでなかなか悪くはないからね。それに詩を作るといふことが、恰度君の眼を欺いたやうに、みんなの眼を幻惑してゐたのかも知れない。A君もはじめは改悟したのだらうと思つたさうだ。しかし今ではどうも猫を被つてゐたとしか思はれないさうだ。A君は色々と例をあげて話してくれたが、そんなことは又折があつたら話すとして、とにかくダニヱルはそんな男なのだ。君はダニヱルが、君にリダさんを取られた時に、どんな様子だつたか、ちつとも知らなかつたかね」

「まるで知らないこともない。あの男は空気の抜けた風船のやうになつてゐたさうだ。何でも自殺するつもりだつたとかで、フイツシヤアさんがそのピストルを取り上げたさうだ。しかし僕は彼に同情はしても、僕のリダを彼に譲るやうなことはしないのだ。どうせ恋の戦ひには一人は倒れなければならないのだ。いや、云へば僕は彼の大仰な芝居がかつた仕草に反感さへ抱いた」

「さう、さういふ風に解釈するならばね。しかし彼がピストルを持つてゐたのが、芝居がかつた失恋の一くさりではなくして、それで君を殺すつもりだつたとしたらどうだらう。さうも考へられないこともないぢやないかね。いや、もしあの男の前身を知つてゐるものだつたら、さう考へる方がよつぽど自然なのぢやあるまいか。あの男はそんなこともしかねない男なのだ」

この言葉は私の心を怖《ママ》かした。O・Nは言葉をついだ。

「A君の話に寄ると、ダニヱルは何時までもリダさんのことを思ひ切る様子はなかつたさうだ。もともと独逸人同志だから当然結婚出来るものだと思つてゐたのだらう。ところがそのリダさんを君に取られてしまつたのだ。彼の忿懣も思ひやられるぢやないか。ダニヱルがフイツシヤアさんからピストルを取り上げられたのは、君がリダさんをつれて、門司を立つ日だつたのだ。勿論フイツシヤアさんには、その時、クリスチヤンである身が自殺などしようとしたのは間違ひでした、悔い改めます、とか何とか、そんなことを云つたのだらう。しかしA君の話に寄ると、それ以後ダニヱルのフイツシヤアさんに対する態度が急に棘々しくなつたさうだ。ダニヱルはその日フイツシア《ママ》さんのために企てを妨げられたが、しかしすぐ其足で門司の埠頭迄やつて来た。君に別れを云ふつもりだつたさうだが、しかし船はもう出てゐたので、彼は大変残念がつてゐたさうだ。みんなA君の話だがね。それからといふものは変にダニヱルの様子がそはそはしてゐて、ちつとも落ちつきがなかつたものだから、フイツシヤアさんが慰めると、my time is too long as in the Dante's inferno without beautiful

Lidaとか何とか、きざなことを云つたさうだ。しかし考へるに、その間に彼は何事か企らんでゐたに違ひないのだ。そして今度急に上京して来たのだ」

この話は私を怖《ママ》やかした。私は何と云つたらいゝかわからないので黙つてゐた。

「この前君は僕に泥棒の話をしたね。あの時は僕は何でもなく笑つてしまつたが、あれももしかしたら、何か関係があるのぢやあるまいか。君の泥棒だと思つたのは、実はダニヱルだつたのかも知れないのだ。勿論これは僕の思ひすぎかも知れない。しかし泥棒なら一ぺん犬に吠えられれば逃げて行くと思ふのだ。それが君の話に寄れば、一度吠えられて逃げてゐながら、また様子を窺ひに来たものらしい。泥棒ならこんな執拗さは持たない筈だ。さうも考へられはしまいか」

私がまつ青になつて顫えてゐると、O・Nはいつものやうに大口を開けて笑ひ出して、私の肩を叩いた。

「こんなことはみんな単なる憶測にすぎないかも知れないのだ。先夜のも普通の泥棒にすぎなかつたのかも知れないのだ。なに心配し給ふな。ダニヱルがもしやつて来たにしても僕が控えてゐるから大丈夫だ。ぢや失敬」

O・Nが帰つて行つた後で私の脳髄は困惑した。不安が私の頭に食ひついてしまつた。私はぶるぶると小さく震へる私を、どうしても押へることは出来ないのである。ダニヱルが私を殺しに来る！

近頃毎晩眠られない夜が続く〔。〕こんな晩には玉井君でも話しに来てくれるといゝのだが、玉井君はどうしたものか近頃さつぱり遊びに来なくなつた。恋でもしてゐるのだらう。それにしても此方からは出かけて行く気にもならない。私には淋しい所や暗い所は通れなくなつたのだ。殊に玉井君の碑文谷の下宿は秘密を隠してゐるやうな所がいくつもある所だ。到底行けさうもない。

「近頃馬鹿にお窶れさないましたね」と小母さんが云つたので、鏡を見ると自分ながらびつくりした。この蒼黒く憔悴した、眼ばかりぎら〳〵と薄気味わるく光らせてゐる男が、一体ほんとうに私なのであらうか。この顔をリダが見たら何といふだらう。恐怖が私をこんなに傷つてしまつたのだ。

夕方、かなしくなつてふと鏡の前を離れた時、私は西側の壁に異様なものを発見した。一本のジヤツク・ナイフがつつ立つてゐる。私はおそるおそるそれに近づいて、顫へる手でそれを抜いた。血だ！　こちこちにどす黒く塊まつた血が私をそこにへたばらせた。血血血血血！　とうとうダニエルが来たのだ！

私は下宿の小母さんに聞いて見たけれども、小母さんは「いいえ、どなたもお見えにはなりませんでしたよ」と訝しさうに答へた。

しかしたしかにダニエルは来たのだ！　俺を殺しに来たのだ！

夜更けにO・Nがあをい顔をして入つて来た。

「君、S君」

「どうしたかね」

「一寸来給へ」

私はO・Nの後について家を出た。月が冴えてゐる。O・Nは歩きながら私に長い物を握らせた。短刀だつた。私はびつくりした。そして何もかもを諒解した。彼は私を諏訪の森の広場につれて行つた。彼は夜をすかして見てゐたが「変だな」と呟いた。「どうしたのだ」ときくと細い声で「たしかにこゝにダニエルが居たのだ」と云つた。私は思はずO・Nにしがみついた。

「大丈夫だ。心配し給ふな。今夜は僕も君の所で夜を明かさう」

そして私たちは下宿に帰つた。O・Nは声を潜めて云つた。

「やつぱり僕の推察は当つてゐたのだ。君の部屋にナイフの立つてゐたのは、あいつが活動写真的な触れ込みをやつたのだ。君はこれであいつが君の考へてゐるやうな善人ではないことがわかつただらう。僕は先刻あそこでダニエルに会つたのだ。そしたらあいつは善人らしく微笑つて、白々しくも、Oh my dear my O.N., how are you getting on？などといふのだ。何しに来たのだといふと、T教会の用事でやつて来たといふのだ。鎌をかけて見るつもりで、S・S君に会つたかと尋ねると、え、S・S君も東京に来てるのかなどと空とぼけてゐる。だから、知らなかつたのなら会はせてやるから此処に暫く待つてゐ給へと云つて君を呼びに来たのだ。確かにあいつは君を狙つてゐる。明日はすぐに警察に届けて置かう。それから一つピストルを用意し給へ。これは少し面倒だけど、僕の知人に警部補をしてゐるのが居るから、うまく頼んでやらう。あいつも僕たちが行つた時に居なかつた所を見ると、感づかれたと悟つたらしいのだ。今夜は気をつけてゐなければならない」

私たちはその晩寝ずに明かした。尤もO・Nは少し寝た。しかしヱル《ママ》が吠えなかつたところを見ると、ダニヱルはもう来なかつたらしい。しかし私は一晩中怖えてゐた。夜が明けるとO・Nは僕が警察に頼んでやると云つて出て行つた。私はO・Nの友情に深く感謝した。太陽を見ると私は救はれたやうにほつとした。

こつこつと扉を叩くものがあるので私はベツドの上に蒼くなつてつつ立ち上つた。誰もこんなノツクの仕方をするものはないからである。やつぱり私の考へた通りだつた。ダニヱルがにやにや笑ひながら入つて来た。彼は昔のとほりに褐色の背広を着込んで、例の泳ぐやうに肩を揺りながら、私の前に立つた。彼は私を見ると

「やあ」

と日本語で云つて手をさし出した。

「出て行け！」

「おたつしやでしたか」とダニヱルは流暢な英語で喋舌り出した。「実際久しぶりでしたね。あなたにお別れしてからもう四年になります。あなたは随分お変りなさつた。さうやつてゐるところはラインのフラテに集つたStrum und Drunkの芸術家そつくりです。近頃いい詩でも書けましたか。なかなかいい詩を書きさうな鼻をしてゐらつしやる。ヘルデルリンの鼻そつくりです。何とえらくおなりになつたものだ。それに比べてわたしは相変らずこの通りです。碌な詩も書けはせず、かうやつて失恋の重荷だけを、まるでシタキリスズメのお婆さんの葛籠のやうに、一生涯背に負うて」

「出て行け！」

「女といふものは案外眼の高いものです。ちやんとえらい人間とえらくない人間とを鼠のやうに嗅ぎわける。それにして

もリダさんは、何と可愛らしい二十日鼠でした。なるほどリダさんの鼻にはわたしはよつぽど臭かつたでせう。そして情もなくぽんと横に棄られてしまつたのです。棄てられるものの心の中はちつとも思つてはくれません。なるほど恋はエゴイズムです。しかしさう簡単にエゴイズムが片附くと思つてはいけません。昔つから恋と血とは兄弟同志なのです」

「出て行け！」

「お言葉でなくとも用事が済めば出て行きます。その時にはあなたは私が何時の間に出て行つたかも知らないやうな人間になつてゐるでせう。ちよつと沈黙の詩人て奴を気取つてね」

私はダニヱルがヅボンの隠しからピストルを取り出したのを見た。いよいよ恐れてゐた時が来たのだ！　さう思ふと私も急に勇気が出た。私はO・Nから貰つた短刀を引き抜いた。

「これはお勇しいことです。まるでLadyのために戦ふ騎士のやうですね。では私もひとつ騎士を、Knight of nightを気取りませう。――どうです、ここいらで詩は出来ませんか」

私は風のやうにダニヱルに飛びかかつた。冷たいものが私の胸をすうと背中に抜けた。もの凄い銃声が響いた。私は殪れた。

――下宿の小母さんに揺り動かされて気がつくと、私はびつしより汗を掻いてゐた。

リダから手紙が来た。リダは静かに暮してゐる。そして私も静かに暮してゐることだとばかり思つてゐる。リダはもう身体の具合も大分よくなつたから東京に出て行かうかと思つてゐると云つてゐる。私は慌てて葉書を書いた。今来てはいけない！　では私が故郷に帰らうか。しかしこれは危険だらう。悪党のダニヱルは屹度私が故郷に帰りつくまでの間に復讐の機会を見出すに違ひない。それに私はこの憔悴した私の姿をリダに見せたくないのだ。鏡は私に憎いものの一つになつた。しかし、ああ、何と悲しいことになつたものだ！

昼間は幾分よかつたけれども、夜になると堪らなかつた。どうしたものか玉井君もO・Nもさつぱりやつて来ない。外に出る気にはならない。昨夜神楽坂をむちやくちやに歩いたが、もう懲々した。通行人の顔が一々気にかゝる。ダニヱルがかう擦れ違ひさまに、ぶすりとジヤック・ナイフを横腹に突き立てはしないだらうか。高いところからピストルで狙つてゐやしないだらうか。さう考へるともう生きてゐる心地もしなくて、大急ぎで下宿に帰つて来た。何時やられるかわからないのである。私は窓にはしつかりと錠を下して、黒いカアテンを引いた。外からはもう中は見えない。私はかうして閉ぢ籠つてゐるより外はあるまい。しかし閉ぢ籠つてゐればどうなるのだと考へると情なくなる。ダニヱルが死んでしまふまでかうして居なければならないのだらうか。ああ、考へると、……狂人になりさうだ！…………

久し振りでC君が遊びに来たが、私の変り果てた姿を見て、びつくりしたやうに眼を瞠つた。病気なのぢやないかと何度も何度も、しつこい程訊ねた。気晴らしに銀座でも出て見たらどうだと云ふので、私もその気になつて一緒に出た。しかし私は余計苛々させられたのである。何時ダニヱルに出つくわさないとも限らない。いや若しかしたら彼奴は私たちの後をつけてゐるかも知れないのだ。私は歩くのが不安になつて、C君を急き立てゝ、Café Lion に入つた。この華かな空気が幾分私を落ちつけた。「君はどうかしてるね」とC君が何度も云つた。私たちはカクテルを飲んだ。ちつともうまくなかつた。

私はふとぎくりとしてコップを置いた。ことことといふ力強い足音――それは私が四年前にJ《ママ》教会の廊下に聞いた足跡《ママ》と、全然同じものだ。ダニヱルが来たのだ。ダニヱルは小さい声でウヱトレスに何か註文してゐる。私は背後に聞えるその声の方に、首を振りむける気にはどうしてもならなかつた。私はすぐにC君を促し立てゝ、そこを出た。C君は変な顔をしたけれども、ただならぬ私の様子に気づいて、何にも云はなかつた。

「どうしたのだ」

電車の中で彼は小声で訊ねた。

「君は僕たちの後から入つて来た西洋人に気がつかなかつたかね」

「あの背の高い男かね」

「さうだ」

「あれがどうかしたかね。露西亜人らしかつたが」

「あれは独逸人なのだ。あいつが僕を狙つてゐるのだ」

C君は変な顔をした。信じないらしい様子だつた。そして早稲田の終点まで来ると、いたはるやうに「医者に見て貰つてはどうだ」と云ひ残して豊橋の方へ行つてしまつた。

私は急ぎ足で下宿に帰つて来た。扉を排して中に入つた時、私はあをくなつて立ち悚《ママ》んだ。ダニヱルは先廻りをしたのだ。彼は態あ見ろといふ風ににやにや笑ひながら立つてゐる。と私は、恰度追ひつめられた鼠が死にもの狂ひに猫に飛びかかるやうに、ダニヱルに向つて飛びかかつた。私はばんといふ空虚な物音とともに、床の上に投げ出された。見ると私は私の画いた「K・T氏肖像」の上に倒れてゐる。私は腹立たしくなつてそのカンヴスをずたずたに引き裂いてしまつた。それにしてもこのタブロオを誰がここの所に、かういふ風に立てて置いたのだらうか。私はちやんと隅の方に後むけに立てて置いた筈なのだ。

雨の降つた晩だつた。ふと気がつくと、外の板壁を誰かががりがりと掻いてゐる音がする。私はあをくなつて顫え初めた。しかしそれはすぐに雨だれの音だと気がついた。しかし、安心して寝ようとすると、どうもやつぱりその雨だれの音に交つて、がり〳〵と何かを引つかく音が、たしかにしてゐる。私は耳をすました。窓の近くらしい。私は短刀の鞘を払つた。私はそうつとカアテンを引いた。雨が硝子戸におどつてゐる。突端、にゆつとダニヱルの顔が窓に出た。私は無意識に短刀を投げつけた。ちやらんと音がして硝子が破れた。その音にびつくりして私はへたばつてしまつた。

「どうしたのです」

と小母さんが驚いて入つて来た。

「人殺しだ」

と私は顫える声で云つた。小母さんがまつ青になつた。その晩もとうとう一睡もしなかつた。

手記はこれで終つてゐる。私は読んでしまふと、S・Sが私にくれた葉書に、「僕には何のことかわからないけれども、行くつもりである。その方が僕に取つては幸福に違ひないと思ふからだ。」と云つた気持が解るやうな気がした。いくら執拗なダニエルでも、瘋狂院にまでは行くまいと思はれるからだ。

O・Nはいくら待つても来ないので私は家を出た。O・Nの家に行つて見ても彼は居なかつた。私はすぐその足でS・Sの下宿を訪れた。小母さんがS・Sの部屋に導いてくれた。私は部屋の中の乱雑な様子にびつくりしてしまつた。窓の硝子はめちやめちやに壊されてゐる。彼の画いたタブロオは一枚残らず引き裂かれてゐる。彼が模刻したロダンの「沈思する人」も、西班牙の古い壺も、石膏のアポロも、部屋の中のものはみんな破壊されてゐる。ただ高い所にかけられてあつたベエトオベンの死面《デッド・マスク》だけが、神秘な死の秘密を黙想したまゝ、ひとり狂人の破壊の手から脱れてゐた。そして最も私を驚かせたのはベッドの白布を染めてゐた血痕であつた。私が訊ねると小母さんはおどおどした調子で話してくれた。小母さんはその時洗濯ものをしてゐた。するとS・Sの部屋の中で恐しい物音がし初めたのだ。小母さんは驚いてかけつけた。S・Sが「狂人のやうに」暴れ廻つてゐる。小母さんはあをくなつてすぐに交番に駈けつけた。二人の巡査がすぐに来てくれた。O・Nもやつて来た。彼等がどやどやと入つて行つた時にはS・Sは静かにベッドの上に横はつてゐた。しかし驚いたことには彼の左の腕からはまつ赤な血潮が吹き出てゐた。短刀がベッドの下に落ちてゐた。小母さんはびつくりして敷布ですぐ彼の腕を巻いてやつた。彼は微笑して「小母さん、すみません」と云つた。O・Nが医者を呼んで来た。医者は巡査と何やら相談してゐた。そして彼の方を振りむいて優しく「さあこれから行くのです」と云つた。

「瘋狂院にでせう」

「いいえ、病院に」

「お隠しにならなくともいいのです。私は瘋狂院に行くことをちつともいやとは思はないのですから。しかしこのことは玉井君にだけは知らせて置きたいと思ひますから、一枚だけ葉書を書かせて下さい」

　彼は葉書を書いてしまふと、それをO・Nに投函を頼んで、序にこれを玉井君に渡してくれと云つて一冊のノオトを出した。そしてS・Sはおとなしく医者に伴はれて癲狂院へ行つたのである。

「一体どうなさつたのでござい《ママ》ませうねえ。おとなしい、女にしたい位、お優しい方でございましたが」

　と小母さんは涙ぐんでゐた。

　私は小母さんに聞いて癲狂院に行つて見た。S・Sは私を見ると泣き出しさうな顔をして私の手を握つた。そしてほんとうに泣き出してしまつた。私は変り果てた彼の様子にびつくりした。これが四ケ月前にカフヱ・リヨンで、卓を叩きながらアンリ・ルソオ論をやつたS・Sと果して同一人であらうか。一口に云へば彼は蒼黒く憔悴してゐた。彼の落ち窪んだ眼窩の中で、ぎろぎろと光る二つの眼は私に不気味な寒気を感じさせた。手入れもせずくしやくしやと掻き乱された髪の毛は私に苛々したやうな気分を起させた。そして薄く血を滲ませた繃帯は、私に狂人の妄想の恐しさを思はせた。しかしそれにも係らず話して見ると彼はどうしても狂人とは思はれないほど落ちついて理性的である。この唇を通じて出て来るS・Sは、四ケ月前のS・Sと少しも変りはない。私は変な気がした。彼は今までO・Nが来てゐたと云つた。O・Nは親切な男だと云つた。彼は癲狂院に来たので何か傑作が出来るかも知れないなどと冗談を云つた後で「外に何も心残りはないが、唯リダのことだけが心配だ」としんみりした口調で云つた。私も何だか瞼のうちが熱くなつて来るやうな気がしたので、では又来ると云つて癲狂院を出た。

　私はその足ですぐO・Nの所に行つて見た。すると下宿の主人が「先刻お帰りになりましたが、暫く旅行して来るとかおつしやつて又すぐお出かけになりました」と云つた。変な奴だなと思ひながら私は下宿に帰つて来た。私はもう一度手記を読んで見てS・Sがダニヱルとか云ふ独逸人に殺されなくてよかつたと思つた。私の郷里は福岡県の若松で、小さい時分から船員や水夫などを見つけてゐたので、私は彼等がいかに向ふ見ずで命知らずであるかといふことをよく知つてゐたからである。私は小さい時から、何丸の船員が誰を切つたの、誰を殺したの、といふ話を何度も何度も聞かされてゐたので、S・Sがそんな船員の然も前科犯の男に狙はれてゐたと思つただけでもぞつとした。その夜私は生れて初めて寝つかれない夜を過した。癲狂院の冷たい寝台の上に寝なければならないS・Sのことを思ふと、かうして暖かく楽々と寝てゐるのが何となく済まないやうな気がして来るのであつた。そしてやつと寝つくと変な夢を見る。——まつ白な壁に囲まれた四角な箱の中を、まつ黒な寛衣を着たS・Sが何にも云はずに歩き廻つてゐる。行つたり来たりしてゐる。彼は黄色いチヨオクで壁に三角形を画く。今度は後の壁に三角形を画く。又前の壁に三角形を画く。それを私が三脚に腰を下して「……百三、百四、百五、百六……」と数へてゐる。何時頃からやつてゐるのか、何時までやつてゐれは《ママ》い丶のかさつぱりわからない。私が洞ろな声で計算すると、S・Sは疲れた足を引ずりながらも、黙々として三角形を画きつゞけてゐる

………………

S・Sが瘋狂院に行つてから四日目の夕方であつた。旅行すると云つて出たO・Nから、出し先の書いてない一通の封書が届いた。私の宛名の横にはこれだけ特別に叮嚀な字で必必親展と書いてある。わざわざ必必親展などと書いたO・Nを私は一寸変に思ひながら封を切つた——

「玉井君、唐突をお許し下さい。僕は今琵琶湖のほとりに来てゐます。大津が僕の故郷なのです。突然何の断りもなく帰郷した僕を、君は何と考へられるでせうか。聡明な君はこの四五日来の僕の様子を、屹度変に感じられたことと思ひます。僕は東京を逃げ出して来たのです。僕が殺人罪を犯したのだと云つたら、君は屹度冗談だと思ふでせう。併し僕はほんとうに殺人罪を犯したのです。精神的殺人罪をです。玉井君、S君を狂人にしてしまつたのは、実はこの僕なのです。S君が手記の中で友情の深い男だと云つたこの僕なのです。このことは黙つてゐようと思つてゐました。しかし僕はこの偽善に堪へられなくなりました。そこで僕はS君の唯一の親友だつた君にだけこのことを打ち明けて《ママ》。S君の代りに君から許して頂かうと決心したのです。僕は何もかも隠さずに話してしまふつもりです。僕は二十日程前にS君と武蔵野館に「カリガリ博士」を見に行きました。君も見たとか云ひましたね。あの中に出て来るカリガリ博士がセザレといふ男に暗示を与へて殺人罪を犯す所がありますね。あれを見た時に私はふと考へたのです。生きた人間にも或る強い暗示を与へれば、その人間はその暗示にかかりはしないだらうか。殊にS君のやうな異常に神経質な男には。それまではまだよかつたのです。しかしそれから三日ばかり経つた或《ママ》の朝、S君が泥棒が来て夜眠られなかつたといふ話をした時、ふと又僕はS君なら屹度かかると直感しました。僕の持ち前のいたづら癖がどうにもならない程膨脹しました。そこで僕は例のダニエル

云々の葉書を書いてポストに入れたのです。僕は三べんも同じ葉書を投函しました。何故ならどうも消印がはつきりしてゐて困つたのです。三べん目にどうやら消印はぼやけてゐました。そこでそれを持つてS君の所に行つて、あの手記にある通りのことを喋舌つたのです。もし僕の嘘にS君が気づけば、冗談だ冗談だと云つて笑つてすますつもりでした。ダニヱルは二年程前に肺炎で死んでゐたのですから。ところがS君は、こつちの方が少し気味が悪くなつて来た位、うまく僕の嘘に引つかかつて来るのです。ジヤツク・ナイフの一件も、ダニヱルが居たと云つて引つ張つて行つたのも、みんな、云ふまでもなく、僕のからくりだつたのです。君も僕のこの念の入つた悪戯に気がつかれるでせう。僕もこれは少し過ぎたなと思ひました。初めは一寸した悪戯をして見るつもりだつたのですが——全く悪趣味です——S君がかうも僕の嘘に引つかからうとは思ひもよらなかつたのです。僕は少し恐くなつて来たので、あれから後はもう何にも云ひませんでした。ではどうして嘘だといふことを云つてしまはなかつたと君は云ふでせう。しかし僕にはそれも出来なかつたのです。何故なら僕はS君の友情を失ふことを恐れたからです。こんな嘘をついて一寸の間でもS君を苦しめた僕を、S君はもう再び友人として交際つてはくれまし《ママ》いと思つたからです。僕がS君の友情を失ふことを恐れたのは、僕はS君が堪らなく好きだつたからです。がそのS君が僕が後になつて彼の手記を見て驚いたほどの苦しみ方をしてゐたらうとは、流石の僕も思ひませんでした。まして僕の嘘が原因をなして、彼が癲狂院につれて行かれるやうなことにならうとは、それこそ、夢にも思つてはゐなかつたのです。全く僕の罪は死に当つてゐます。この罪を君は許してくれるでせうか。僕はどうしても僕の口からS君に打ち明ける勇気はないのです。いや僕はこのことをS君に知らせたくもないのです。前にも云つたやうに、ほんとうに僕はS君が好きなのですから。玉井君、そこで僕はS君の唯一の親友である君にお願ひするのです。僕のこの罪を許して下さるでせうか。僕は僕のこのつまらない悪戯が、こんな悲劇を産まうとは、全く思つてはゐなかつたのです。僕は自分の持つて生れた悪戯癖が呪はしくなります。今までだつてどうにも仕様のない、まるで性慾と同じ程の本能を僕に持つてゐる、この悪戯癖のために、僕は随分と苦しんだものでした。このよくない癖は屹度いつかは、何かことを引き起すに違ひないといふことを、僕はいつもその度毎に感じてゐたのでした。そして今一つの予言が中つたのです。僕のこの下らない悪戯癖が——何を云つてゐるのだ！……玉井君、僕は底の知れない馬鹿者です。まだこんな誤魔化しを云つてゐる。何もかもつ《ママ》てしまひませう。玉井君、僕はリダさんに恋してゐたのです」

狂人――或は癲狂院挿話――

彼は美智子と結婚したいと思つた。しかし彼女は、彼が彼女を好いてゐるほど、彼を好いてはゐないらしいのである。それでも彼は、どんなことがあつても美智子と結婚しなければならないと思つた。彼は思ふのである――恋が蝕つたロマンチシズムなら、それは何と懐しい腐敗物ではないか！

……………蠟燭は燃えつくさうとしている。冷たい白蠟の肌が、仄かな、半透明な憂愁を、波紋のやうに部屋一ぱいにる《ママ》はせている。彼は考へあぐんで静かにコンパスをおいた。彼の影が後の壁に魔もののやうに映つて、どこから入つて来漾《ママ》ともない風に、蠟燭が微かに動くと、壁に映つた大きな影が海坊主のやうにふるへる。彼は腕を組んで、考へ深さうな眼を、静かに自分の画いた設計図の上に落した。驚くべく精密に引かれたGeometrica arabesque――すてきだ‼　この童話中《ママ》風な西洋館のに《ママ》、俺と美智子が住まうといふのは、何と、北欧のすばらしいメルヘンよりも、もつとすばらしいではないか。蛍石で窓枠をとつた青練瓦《ママ》の家に、こいつは夜になると蛍のやうに光り出すのだ、俺と美智子だ。俺と美智子だ。外の誰でもない。俺と美智子となのだ。

――ごめん下さい。

美智子だ。

――おはいりなさい。

美智子は入つて来ると語り出した――

――ねえ、聞いて下さいますか。私は悲しいのです。ほんとうに悲しいのです。貴方は、七色の真珠を揃へて置かなかつたために、自分の子供を死の神につれて行かれた可哀さうなお母さんの話を知つてらつしやいますか、私は、しかし、そのお母さんよりももつと悲しいのです。しかしいくら悲しんでも仕方はありませんわ。悲しみさへすれば、物事がもとどほりになるとは、神様はおきめにはならなかつたのですもの。神様はあまり人間に慈悲深くてはいけないものださうですからね。ねえ――貴方はどこを見てゐらつしやるのです。又そんなことをやつてらつしやるのね。時々夢を見るのはいいけれど、あんまり夢を見すぎるのは毒ですわ。ちよつとでいいから私の眼を見て、ね、私の眼がどう見えますか、ちつとも涙の出てない眼が？　私は悲しいのです。もう涙は出して出して無くなつてしまつたのですわ。今度出る時には血が出るでせう。それほど私は悲しいのです。悲しくて悲しくて死んでしまひたい程。しかし私は死ぬのはいやですわ。死ぬのが怖いからぢやありません。死ぬと私は一しよにその悲しみも失つてしまはなければならない。自分の悲しみが消えてしまふなんて、なんて恐しいことでせう。私は悲しみがあるからこそ生きて行けるのですもの。私はほんとうに悲しいけれども、でも、私はいつまでもこの悲しみを赤ん坊のやうに、しつかりと胸に抱きしめてゐたいと思ひますの………

　そして彼女は出て行つた。彼は何故とも知れない彼女の悲しみに、自分も誘はれながら、涙ぐみながら、彼女の足音の遠ざかつて行くのを聞いた。彼は静かに呟いた。

――さうだ、美智子は悲しいのだ。

蠟燭の火が慌しく瞬きをしたかと思ふと、ぢぢぢぢと音を立てて消えてしまつた。真暗になると窓から月光がすつと設計図の上に落ちて来た。

――しかし俺も悲しいのだ。

…………………………………………

…………………………………………

芝生が青かつた。空が青かつた。水水《ママ》しい初夏である。彼は美智子と並んで青草の上に坐つてゐた。初夏の若若しい太陽が彼女の襟足にまつ白くまとはりついてゐる。彼はじつと、彼女の襟足にぴくぴく生き物のやうに動いてゐる頸動脈をみつめてゐた。彼は抱きしめてやりたいやうな気がした。しかし彼には勇気がない。いやそれどころではない。彼はまだ一度も、彼女に自分の恋を打ち明けたこともないのである。先刻から彼は何度もそれを考へてゐる。今がいい機会だ。打ち明けようと考へてゐる。しかし彼の言葉は咽喉の所で出なくなつてしまふのだ。「僕は貴女を恋してゐます」たつたそれだけでいいのぢやないか。しかしそのたつたそれだけの言葉が、彼にはどうしても云へないのだ。

「貴方は何《ママ》がそんなに悲しいのです」

彼はそんなことを云つてしまふ。

「何がつて」

「貴女は昨夜僕が物置小屋で設計図を画いてゐると、入つて来て、私は悲しいのですとおつしやつた。しかしどうして悲しいのだか、それは云はずに出て行つてしまつたのです」

「昨夜？——いいえ、貴方は夢を見たのですわ。私昨夜は家にじつとゐて、考へごとをしてゐたんですもの」

「夢ですつて」

「夢ですとも。貴方には夢と現実との境がつかないのだわ。もしかしたら貴方には、夢の方がほんとうの生活かも知れないのだわ。貴方の夢中になつてゐらつしやる設計図だつて、つまらない転寝の夢ぢやありませんか。時々夢を見るのはいいけれど、あんまり夢を見すぎるのは毒ですわ」

「昨夜も貴女はそんなことを云つた。しかし貴女は知らないのだ。貴女は僕が何の設計図を拵へてゐるのだと思ひます」

「家でせう」

「家は家ですが——僕は僕の新婚のメルヘンを組み立ててゐるのです。僕は僕の新しい妻と、僕のすばらしい家に住むのです。そして…………」

彼は急に赤くなつた。言葉がとまつてしまつた。彼は俯向いた。そしてその新しい妻といふのが貴女なのです——これだけの言葉がどうして出ないのだ。俺はどうしてこんなに臆病なのだ。

「結婚なさるの」

「しようと思ふのです。向ふで承知してさへくれれば。僕はその女が好きで好きで、めちやめちやに好きでたまらないのです」

「…………私もしようと思ふの」

「何を」

「結婚を」

「ほんとうに？」

「ほんとうに」

彼は気が遠くなるやうな気がした。彼は立上つて静かに歩き出した。太陽が恨めしかつた。どうして太陽はこんなに明るいのだ。太陽が急に月に変つてくれればいいと彼は思つた。――美智子は結婚する。俺の妻になる筈だつた彼女は、実はもう人のものなのだ。いや、俺が美しい夢を組み立ててゐる間中、ずつと美智子は人のものだつたのだ。俺は今までひとりで人の女を恋ひつづけながら、自分の夢を築いてゐたのだ。しかし、と彼は苦しくも考へ慰まうとするのだつた、俺はこの恋を失つたとは云へ、彼女のあつたために、このすばらしいメルヘンを創り上げたぢやないか………

「ねえ」

ふいに耳朶に暖い息がかかつた。彼はおどろいて振りかへつた。何時の間に来たか、美智子が悲しさうな顔をして立つてゐた。

「御用ですか」

「ねえ、貴方、後生ですから、貴方の奥さんになる方のお名前を教へて頂戴な」

「僕の奥さんの？」

「ええ」

それは貴方《ママ》なのだ、とそれだけ思ひ切つて云つてしまへばいいのだ。しかし、美智子はもう人のものぢやないか。

「さようなら」

彼はくるりと身体を廻して塀の方へ歩き出した。彼の心は鉛のやうに重かつた。彼は一歩一歩身体が地球の中にめり込んで行くやうな気がした。美智子は何時までも彼の後姿を見つめてゐた。

「僕はアアネスト・ダウスンが好きなのです」と彼は芝生の上に寝そべりながら話し出した「ダウスンの詩ももとより好きですが、詩よりもダウスン自身が、僕には好けてたまらないのです。といふのも僕がやつぱりダウスンと同じやうな性格であるためかも知れません。貴女はダウスンとアデレイドの話を知つてゐますか。アデレイドといふのはソホ街の小さな飲食店の娘なのです。ダウスンは或る時ふと彼女を見て以来、押へ難ない恋情が、写真のやうに彼の心に焼きついてしまつたのです。彼はアデレイドを対象にして、詩を幾つも幾つも作つた。彼はそしてそれを顫える声でアデレイト《ママ》に誦して聞かせた。そして彼が一番初めに世の中に出した詩集は、この美しい小娘に献げられたのです。しかしそれにも係らず、この内気な詩人は、とうとう彼の恋を、娘が店の給仕と結婚式を挙げるまで、女に打ち明けることは出来なかつたのです」

「可哀そうなダウスンさん」

美智子はほんとうに気の毒さうにさう呟いた。そして赤くなつた。

……………蠟燭は燃えつくさうとしてゐる。彼は先刻から椅子に腰かけて、鉛筆を動かしてゐる。見ると昨夜まで全力を投げ出して画き上げた設計図の上に、美智子の名前が幾つも幾つも書かれてゐる――

美智子
美智子
美智子
美智子
美智子　美智子
美智子　美智子
美智子
美智子　美智子
美智子
美智子美智子美智子美智子　美智子

蠟燭が消えた。月の光がさつと入つて来る。見上げると、高窓から、蝕つた青い林檎のやうな月が覗いてゐる。溜つてゐた涙がぽとりと落ちた。

美智子が案内も乞はずに入つて来た。彼はおどろいて設計図を裏返した。

――まあ蒼い顔。どうしてそんなに蒼い顔をしてゐらつしやるの。

――いいえ、月のせいです。

彼はなるだけ美智子の顔を見ないやうにした。美智子の顔を見てゐると悲しくなつて来るからである。この美しい顔を、どうして恋はずに居られようか。でも恋うてはならないのだ。彼は机の上に置かれた彼女の手を見た。梨の花のやうに白かつた。爪が貝殻のやうにきらきら光つてゐた。砂糖をつけて食べてしまひたいやうな気がした。

――何か御用ですか。

彼は彼女の顔を見ないやうにして云つた。

――いいえ、私は私の恋してゐる人の話をしに来たのです。

――僕にですか。

彼は恨めしさうに云つた。でも何故か、してくれるなとは云へなかつた。帰つてくれとも云へなかつた。彼は少しでも長く美智子に自分の所に居て貰ひたかつたのだ。人のものだとは何度も思ひながら、だからと云つて、彼の恋がすぐに消え去つてしまふやうな、恋はそんな数学のやうなものではなかつた。

――ねえ、聞いて下さいますか。私の結婚しようと思ふ方は、したいと思ふ方は、やつぱり貴方のやうに建築家なのです。そして貴方のやうに考へ深くて、貴方のうや《ママ》にきれいな方ですわ。あの方は、恰度貴方が貴方の奥さんのために美しい住居を考へてゐらつしやるやうに、私のためにも、住み心地のいい美しい家を考へてくれますわ。貴方はいつかバルコンの上で、私に、恋をして髪の毛を売つた人魚の話をして下さいましたね。恰度あのやうに、私の結婚したいと思ふ方も、上手に私に奇らしい話をして下さいますわ。あの方は、貴方のやうにすばらしい声で唄もうたひますわ。貴方と同じやうな声で――ねえ、おわかりですか、私の云ふことが。

――わかります。それで……

――いいえ、貴方はわかつては下さらないのだわ。私は……

――いや、すつかりわかりました。そこで今度は僕の番です。僕は貴方に僕《ママ》が結婚しようと思つてゐる女の、したいと思つてゐる女の話を聞かせませう。

――いいえ、いいえ、沢山です。沢山ですわ。

彼女は急に手で顔を被つて机の上につつぶした。やがて静かに顔を上げて出て行つた。彼は足音が消えてしまふと、裏返した設計図を表にした。後は身内が熱くなつて来るのを感じた。月は設計図の上にまともに落ちてゐる。書き並べられた「美智子」が、月の光に鮮かに浮いて見えた。彼は涙ぐみながら、その一つ一つに、燃えるやうな熱情をこめてそつと接吻をした……………

彼がベンチに腰かけてもの思ひに耽つてゐると、Uといふ、もと辻占売をやつてゐた男が、にやにや笑ひながらやつて来て、彼と並んでベンチに腰を下した。彼は螬虫のやうな騒騒しい声で話しかけた。

「大そう沈んでゐなさるな。お顔の色が豌豆豆のやうに蒼い。ははあ、お察しする所、恋の悩みてやつでごわすかな。なるほど、そいつあこのお天気にや持つて来いでがす。ところでそんなら如何でがすかな。先方の心探り、相性。お名前で出すか、お年で出すか、それは御随意。貴方のことだ。無料で占つて進ぜませう」

「名前で」

「はあはあ、お名前で。よろしうごわす。で」

「ミ」

「へいへい、ミ」

「チ」

「コ」

「コ。ミチコでがすな」

彼は三枚の札占を受け取つた。Uは変な声で何か呶鳴りながら行つてしまつた。彼は心がわくわくした。辻占なんかが人の運命を知つてゐてなるものかと思ひながら、無性に気にかかつた。彼は異常な緊張を感じながら、先づミの札の封を切つた。「わたしやあなたが大の好き」彼は急いでチの札を開いた。「あなたは親よりなほ大事」彼はふるへる手でコの札を破いた。「死んでもあなたを離しやせぬ」

「いいわね」

ふいに声がしたので彼は驚いて振りかへつた。美智子が悲しさうな顔をして立つてゐた。彼はまつ赤になつた。札をめちやめちやに揉みくさしてしまつた。

「貴方の奥さんになる方は私と同じ名前ね」

「ええ、………いいえ、………同じです」

貴女なのだと俺にはどうして云ひ切つてしまへないのだ。美智子は静かに去つて行つた。彼は自分が恨めしかつた。憎かつた。内気な臆病な自分がこの上もなく情なかつた。彼は口惜しさうに自分の身体を抱いて、ベンチの上に泣き伏してしまつた。

In my soul she alone dwells
In her soul other man dwells

ふと彼は詩集を開いた拍子に、この二行が目についた。――わが心にはかの女ひとり住み、かの女の心には仇し男住み………かの女の心には仇し男………

日はどんよりと曇つてゐた。重苦しい日だつた。空が自分の背中にのしかかつて来るやうな気がした。芝生は埃にまみれてゐた。遠くでは皆が、歩き廻つたり、塊まつたり、寝転んだりしてゐる。彼はこの芝生をぐるりと取り回らした高い塀を恨めしさうに見た。この塀がなかつたら、俺はこの苦しみから今にでも抜け出すことが出来るのに。この塀の中に、自分の恋する女も、恋する女を奪はうとしてゐる男も、一緒に住んでゐるといふのは、何といふ悲しいことだ。彼は無意識にあたりの草をむやみにむしつた。

向ふから美智子のやつて来るのが見えた。彼は顔がほてつて来るのを感じた。逃げ出さうかと思つた。しかしやつぱり美智子の来るのを待ち受けた。しかし美智子は彼の所には来ないで、二十間程離れた所にしやがんでしまつた。彼女は草を摘み初めた。彼は呼びたく思つた。しかし声が出なかつた。臆病が恋には一番いけない障害物なのだ、とさう思ひながら、彼は臆病なのだつた。彼は本の上に顔を伏せて、指の間からそつと彼女の方を見た。すると彼女は草を摘みながら、時々此方をぬすみ見てゐる。彼は何だか嬉しくなつた。それに彼女はだんだん近づいて来るらしいのだ。彼は気のつかない振りをして、つつぶしてゐた。彼女の着物が草に擦れる音がした。

「ねえ」彼は初めて気がついたやうに、しかしおどおどした赤い顔を上げた。「ごらんなさい。あそこから道をつけたわ」

見ると彼女のしやがんだ所から、ずつと彼の眼の前まで細い道がついてゐる。彼女は草をむしりながらやつて来たのだ。彼は微笑んだ。

「それ何の本?」

「ブライスの詩集です」

「いい詩でもありますの」

彼は黙つて指した――

In my soul she alone dwells

In her soul other man dwells

「ねえ」彼女が云つた「私この詩をかう書きなほすともつといいと思ひますわ。In my soul he alone dwells, In his soul other woman dwells――ねえ、おわかりですか。私は悲しいのです。何時か私結婚するつもりだと申しましたね。でも私もしかすると出来ないと思ひますの。男の心なんてどうしてこんなにわからないんでせう。まるで煙のやうに動きやすいのね。私の結婚したいと思つた方は、外の女と結婚するといふのです。尤も約束したわけでもないから、あの方が外の女と結婚するると云つたつて、仕方はないやうなものだけど。でもやつぱり、………いいえ、恨むのが無理だわ」

彼女は深く首を垂れた。心臓の鼓動がはつきり彼の耳を打つた。彼は嬉しさにわくわくした。人のものかと思つた美智子は今はひとりなのだ。もし自分がさう思ひさへすれば、俺のものになるのだ。彼は今日こそはと、満身の勇気を奮ひ起して顔を上げた。すると美智子も顔を上げた。視線がぶつつかると、彼の言葉は引つこんでしまつた。彼は又眼を伏せた。

「ねえ、私貴方が好きなのです」

ふいに彼女がさう云つた。彼は自分の耳を疑つた。おどろいて彼女の顔を見た。もう少しだ！　僕も貴女が好きなのだと一言云つてしまへばいいのだ。彼は身体が顫えるのを感じた。しかし言葉がどうしても出ないのだ。

「貴方の奥さんになる方は幸福ですわね。貴方がたの結婚生活が楽しくあるやうに、イエス様にお祈りしますわ。多分その方は貴方を、〔6字不明〕ほど愛してゐらつしやるでせう。そして多分貴方も同じ位」

「いいえ」〔7字　不明〕勇気を出した「僕は誰も愛してはゐません。ただ貴女を除いた外は」

「鐘が鳴つてゐますわ。もうお祈りの時間です」

「ねえ、美智子さん」

「いけません。それは嘘です」

「嘘ではありません」

「嘘でなければ余計いけないのです。貴方は自分の幸福を、そしてあの方の幸福をも壊してはなりませんわ」

「美智子さん」

「いいえ、私も結婚するのです」

そして彼女は蝶のやうに逃げて行つた。彼は茫然としてゐた。何もかもめちやめちやのやうな気がした。――やつぱり彼女は結婚したいのだ。そしてあんなことを云つて俺をからかつたのだ。彼は玩具にされる自分が哀まれた。彼は何時までも芝生の上から起きなかつた。夕方になるとKといふ若い医師が彼をつれに来た。医師は柔和な笑を微笑みかけた。

「もう帰るのです」

「Kさん、貴方は恋をしたことがありますか」

「あります」

「失恋したことがありますか」

「あります」

「では僕をこのままにしておいて下さい」

「いけません。こんな所に寝ころがつてゐると病気になります」

医師は手帳に何か書きつけてから、静かに彼の手を取つた。彼は力なささうに立上つた。もう星がきらめいてゐた。

彼は塀に靠れてぼんやりしてゐた。Yといふ学生が、身振り手真似で彼に話して聞かせるのだつた――
「ねえ、砂糖のやうに甘い抒情詩の恋なんてものは、蛆の湧くほど古いロマンチシズムだよ。近代の恋は薔薇が語るものではないのだ。それかと云つて、鞭が恋を語るマゾホの場合は、さう、あれは三本しか足のない象、始末にいけないといふ意味だ。恋はまあ云はば獅子かね。荒つぽい生きものさ。そして我々は猛獣使なのだ。なるほど獅子は荒つぽいが、猛獣使の狎らし方一つで、どんなにでもおとなしくなるぢやないか。だが狎らし方が下手だつたら、それこそことだ。奴は白い鎌のやうな歯をむき出して噛みつくのだ。さうだ、恋て奴は確かに噛みつく、何だつて⁉」急に彼は怒り出した〔。〕
「失恋したつて？　馬鹿野郎め‼　まぬけ野郎め‼」
そして肩を怒らして行つてしまつた。彼はぼんやりしてゐた。美智子の顔が、彼の眼の前を、白い花になつて飛んでゐた。

……………蠟燭は燃えつくさうとしてゐる。彼は今まで全身を献げて画き上げた設計図を、叮嚀にこなごなに裂いた。彼は自分の身体が刻まれるやうな気がした。彼は蠟燭がちらちらと最後の輝きを輝き初めると、おどろいて吹き消した。月光が窓から流れこんで来る。突端何処からともなく、すうつと風が吹いて来ると、机の上にこなごなに切り細かれて置いてあつた設計図が、ぱつと梨の花が散るやうに飛び立つて、高窓から青い林檎の月の方へ飛んで行つた。ひらひらと舞ひながらだんだん星の中へ見えなくなる白い光を見送りながら、彼は甘い感傷の中に涙ぐんで立つてゐた。――蝕つたロマンチシズムの末路だ！

――美智子さん。

ふと恋人の名が彼の口をついて出た。

――美智子さん。美智子さん。美智子さん………

美智子が静かに入つて来た。彼は彼女をまともに見た。彼女は蒼かつた。何故か今宵の彼は、何時もの臆病な彼ではなかつた。


――お聞きでしたか、僕が今何と云つてゐたか。

――ええ、貴方は貴方の奥さんになる方の名を呼んでお出ででした。

――いいえ、僕は貴女の名を呼んでゐたのです。

――いいえ、それは嘘です。恋には冗談は禁物ですわ。

そして彼女は悄然と出て行つた…………………………


「ねえ、何をぼんやりしてゐらつしやるの」

塀に靠れて思ひに耽つてゐると、美智子が近寄つて来てさう訊ねた。

「僕は悲しいのです」

「貴方が悲しいつて？　それは嘘だわ。あんまり幸福すぎると一寸悲しくなるものださうね」

「僕にはもう何にもわからない」

「私やつぱり結婚するつもりよ。でも私には屹度子供は出来ないわ。何故なら私、私の結婚したいと思つた方の Vision とだけ結婚するのですもの。私の結婚するのは私の心の中に生きてゐるあの方ですわ。私それで沢山だと諦めてゐるんですの」

「美智子さん！」

「いいえ、いけません。御自分で御自分の幸福をお壊しになるのは罪悪ですわ。イエス様は世の中に悲しんでゐる者が多いのを、お喜びにはならないのです」

「貴女は誤解してゐるのだ」

「いいえいえ、もう沢山です」

彼女は取られようとする手を振り切つて逃げ出した。彼はその後を追つた。彼はまるで理性を失くしてゐた。何が何やらわからなくなつてゐた。足も地についてゐるやうな気がしなかつた。ただ白いものの後を夢我《ママ》夢中で追つた。無意識に美智子の名を呼びつゞけながら。白いものがふつと見えなくなると、彼の前に黒いものが雲のやうに飛び出した。彼は腕を捕へられた。動けなかつた。眼の前が未来派の絵のやうに錯然と流れ動いた。彼はどうなつてゐるのか、どうなるのか少しもわからなかつた。彼は夢中で恋しい美智子の名を何時までも呼びつゞけてゐた。

彼が色情狂患者として病棟外に出ることを禁じられたのはそれからである。

狂人――或は「戸まどひした近代芸術論」

カフヱ・シヤリオ・ドオルで、アルベヱル・サマンがこの老紳士をピカソに引き合はせた時には、彼は例の閑雅な古典的な微笑みを満面にたたへながら、次のやうに云つたのである――

「君、世界一の幸福者を紹介しよう」

しかしピカソは改めて笑ひ出すために、既に口のところまで持つて行つたグリスカのコツプを慌てて卓の上におかなければならなかつたのである。

――一たいこの黒薔薇のやうに珍奇な紳士は詩人仲間でムツシユウ・フフフといふこれもまた素的に珍奇な名前を持つてゐる。一たいこの日本からやつて来た老紳士はもと東京で建築技師をやつてゐたのである。彼は日本の建築があまりに非芸術的であるのに腹を立てて、七回目の失恋をすませてしまふと、アプサンと沈丁花の香高い仏蘭西へやつて来た。来る途中船の中で彼は又二つばかり簡単な失恋をした。仏蘭西は彼を幸福にした。そして彼がえらい人々の仲間入り出来るやうになつたのは、アンリ・ルソオが彼の肖像画を描いてからである。ルソオの小さな「家庭的で芸術的な」夜会《ソアシエ》に集る人々はすぐこの老紳士を好きになつた。そして彼もそれらの人々をみんな好きである。それは彼等がひとりも笑顔を崩すことなしに彼の権威ある話を聞いてくれるからである。それにしてもこの老紳士はちやんとした名前があるにも係らず、詩人たちからムツシユウ・フフフといふ奇妙な名前を貰つたのである。ピカソがサマンに、一たい日本人だつてフフフなどといふ名前のあらう訳はあるまいにどうしたのだと訝しげに訊ねた時、サマンは相合《ママ》を崩して笑ひながら、しかしさんざん笑つて笑ひ抜いて、ピカソの好奇心を唆り立てておきながら、何故かその理由を説明しようとはしなかつた。「そりや綽名だよ」とやつと云つて「しかしそれは彼が僕なんかよりもつとロマンチックに説明してくれるだらう」

翌日三人の詩人はシヤリオ・ドオルの卓を囲んで対してゐた。

「ねえ、フヂサワ君、僕は始終さう思ふのだが、一たい現代に詩が存在してるだらうかね」
サマンが柔和な笑みを浮べてさう云ふと、この老紳士は哀れむやうにサマンの顔を見て「現代に詩が？　冗談なら止したまへ」と、もう何十度となく繰返した、それ故に既に文章としての一つのスタイルさへ持つてしまつた話を、彼は又、まるで初めて話し出す時の熱情を以て、初めるのである――「現代に詩があるやうだつたら日本にもマロニヱの花が咲くやうになるだらう。一たい二十世紀は憂鬱になるほど散文的だよ。科学といふ碌でもない毒蛇の毒気にかかつた二十世紀が散文的でないといふ筈がないぢやないか。見たまへ。詩といふものは、冬初めの木の葉のやうに、他愛もなく、ぱらぱらと散つてしまふぢやないか。人々が詩と呼んでゐるものは単に詩的といふに過ぎないものなのだ。Poème と Poétique との認識誤謬だ。早い話が、サマン君、君は名の知られた詩人だが、君の詩篇のどれを取つて来ても、僕のこの考へを裏書きしないものはないぢやないか。ただ詩が何時までも、人類のある限り、永久に枯れずに棲つてゐる世界がたつた一つだけある。それは夢の世界だ。夢てやつは芸術のクライマツクスだよ。――ところで僕は君たちに一つの話をしようと思ふのだ。僕がよく見る夢の話だ。僕はこの夢を三日に一度は必ず見る。聞き給へ。かうだ。――大きな森の中だ。原生林だ。巨大な歯朶や、赤い花をつけた隠花植物が、一ぱいに繁茂してゐる。太古の林だ。暗い。日の光は密生した葉に遮られてさしては来ない。木の葉を透した光線が、ヴヱル・ヱムロオド色に森の中にほのめいてゐる。僕は一匹の鹿に乗つて歩いてゐる。どこから来たのかもわからなければ、どこに行かうといふあてもない。無論ここがどこだかもわからない。ただ、鹿に乗つて歩いてゐる。鹿の角には桜の花がまつ白に咲いてゐる。そして僕は実に平和なのだ。とこの時だ。森の中から一匹の白い狐が飛び出して来た。狐は僕の前でふと立止つて、顔を上げて、僕の顔を見て、眼を細くして、奇妙な声で
――ふふふ！
と笑つたのだ。白狐はそして行つてしまつた。すると暫くして又一匹の白狐が出て来て、僕の前で立止つて、顔を上げて、僕の顔を見て、眼を細くして、奇妙な声で
――ふふふ！
と笑ふ。そいつが行つてしまふ。するとまた一匹の白狐が出て来て、同じやうに
――ふふふ！

だ。そいつが行つてしまふ。すると又後から出て来る。そしてふふふとやる。初めの間は狐の出て来る間が長かつたのだが、しまひにはその間隔がだんだん短くなつて、しまひには、どんどん連続して出て来るやうになつて、とうとう森の中から一本の流動する白線が出来てしまつたのだ。そして、従つて、狐の笑ひ声も連続してしまつたのだ。

――ふふふ！

――ふふふ！

――ふふふ！

――ふふふ！

――ふふふ！

狐はいつになつたらおしまひになるのかわからない。云はば、ふふふといふ奇妙なせせらぎを立てる一本の空間を流れる川なのだ。――一たいやつ等は何だつて笑ふのだ。嘲笑してるのかな。ところがそんなことを考へてゐるうちに、驚いたことには、僕の乗つてゐた鹿がくるりと振りかへつて、僕をまじまじと見たのだ。何と、今まで鹿だとばかり思つてゐたのは、やつぱり一匹の白狐なのだ。と、どうだ、そいつは僕の顔をじつと見てゐたが、いまいましいことには、急に眼を細くして

――ふふふ！

と笑つたのだ。僕はそいつの背中から転げ落ちた。するとそいつはもう一度笑つて、ぷいとまつ白い流の中に飛びこんでしまつた。ふとその時気がついて見ると、何と、びつくりするぢやないか。僕の身体には何時の間にかまつ白い毛が生えてゐるのだ。そればかりではない。僕の口は狐のやうに尖つて、いや狐のやうにどころか、何と僕はいつの間にか狐になつてゐたのだ。すると僕は急に嬉しくなつて来た。さうすると、変に唇のあたりがむづむづして来て、変に擽つたくなつて来て、僕もとうとう笑ひ出してしまつたのだ――

――ふふふ！

とね。――話はこれだけなのだ。フフフ」

「なるほどね」とピカソはサマンの顔を見てくすりと笑つた「フフフ」

「フフフ」

シャリオ・ドオルを出ると、三人は快活に語ひながら、モンマルトルの方へ歩き出した。

ある朝、洗濯屋のトミイは、仲間の小僧に当りちらしながら、帰つて行くのである。

「ちつ、馬鹿にしてやがる。心臓の洗濯もねえもんだ。云ひ草がいいぢやねえか。わしの心臓も大分垢がついたで――ヘツ、勝手にしやがれ。日本にや心臓の洗ひつ張りをするやうな洗濯屋があるかも知らねえが、花の巴里にやそんなふざけた商売はありやしねえんだ。へえ、相憎《ママ》心臓の洗濯はどうも――つて断ると、フフフと狐のやうな顔をして笑やがつた。フフフもねえもんだ。おきやがれ、渡り者《もん》の老ぼれ爺め！」

仏蘭西に来て四年になる画家の藤田は、ある雨もよひの夕暮時、モンパルナスの停車場の地下道を歩いてゐた。地下道は暗かつた。後に明るみを背負つた影絵が、いくつもいくつも小刻みな足音を立てて行つたり来たりした。汽笛がピイと鳴つて頭の上を汽車が通つて行つた。すると間近にやつて来た一つの影絵が彼の肩をぽんと叩いた。

「藤田君、何処に行くのだ」

「やあ、藤沢君か。どうもさうらしいと思つたが。僕はこれから巴里に帰るのだ。一寸写生に出かけたのでね。で、君は？」

「今ここへ着いたばかりだ」

「そして何処へ行くのだ」

と藤田は判り切つてゐることを訊ねて見た。

「恋人のところに」

そして彼はステツキを風車のやうに廻しながら階段を上つてしまつた。藤田は哀しさうな顔をしてその後姿を見送つてゐたが、やがて首を振つて歩き出した。

窓から浪漫的なオリオンが朗らかに高く見えた。アンニイ夫人は葱の匂ひのすつかりは抜けてゐない手で、怪しげな印度扇をなよやかに動かしてゐるのだつた。

「もう沢山ですよ」

彼女の足下ではギタルが騒騒しい音を立ててゐた。

「もう沢山ですよ」

老紳士は静かにギタルを置いて立上つた。彼は扇を持つてゐる夫人の大根のやうな手に接吻をした。すると夫人はその手をスカアトになすりつけた。

「早く帰らないと終列車に遅れますすよ。モンパルナスから巴里行は午後の九時四〇分でおしまひです」

「遅れたら泊るのだ」

「駄目ですよ。あたしん所には寝台は一つしかないのです」

老紳士は静かにオリオンを見上げた。それから静かに帽子かけから絹帽《シルクハツト》を取り下した。

「さよなら」

「さようなら」

「又来るよ」

「お好きなやうに。来る時にはお土産を忘れないやうに」

簞笥の上には、彼が持つて来た、巴里相場で千五百法する紅玉入りの指環が静かに乗つかつてゐた。女は手をさし出した。老紳士は、その手に熱情をこめた接吻をすると、黙つて憂鬱なモンパルナスの夜の街へ出て行つた。

シヤリオ・ドオルで二人の詩人はしんみりと話をつづけてゐた。主人は張《ママ》場で居眠りをしてゐる。ゼンマイの切れかかつてゐる古風な鳩時計は先刻懶い声で十二打ちつゞけた。サマンはやがて思慮深い眼を上げて、そして幾分非難するやうに彼を見て、隠《ママ》やかに云ひ出した。

「ねえ、フヂサワ君、僕は君の為を思へばこそ云ふのだが、何ならお願ひしてもいい位なのだが、そのモンパルナスの下等な女のことだけは思ひ切つてくれないか。あの女は聞けば相場師の後家で、もう四十の坂もとつくに越してるといふではないか。そんな女は君には適はしくないのだ。僕たちは君の為にもつと芸術的な女を探してあげよう。あんな女に疎な女の居ないといふことも、聡明な君がまるきり知らない筈もあるまいに。それに第一あの女は君が色んな贈り物をくれることだけのために、君と交際してるだけなので、まるつきり君をこればかりも愛してなんかゐないのぢやないか」

「でも、サマン君、僕はあの女を愛してゐるのだ」

老紳士はさう答へると不機嫌さうにサマンをひとり残して出て行つた。

「何だつてこんな小さな！」

女は柘榴のやうに赤くなりながら、靴を投り出した。靴は転つて来て老紳士の向脛に飛びついた。老紳士は悲しさうに云つた。

「それはお前が悪いのだよ。お前は私が幾ら云つてもその綺麗な足に接吻することを許してはくれなかつたではないか。もしあの時私に接吻を許してくれてゐたら、私はちやんとお前の足に合ふ靴を買ふことが出来たのだ」

「それならさうと云へば」

女はコケテイシユな微笑を湛へながら老紳士の頸に腕を巻いた。彼女はそして男を抱いて寝台に腰を下すと、もう一度流し眼に男を見て、白い足をつき出した。老紳士はその足に数学的な接吻をした。彼はそして靴屋に急ぐべく快活に帰つて行つた。

アンニイ夫人は新しいコルセットをこしらへるのに忙しかつた。ミシンが性急《せつかち》な音を立てて針を動かしてゐた。無論布は老紳士に買つて貰つたのである。彼女は糸の走る後を熱心に追ひながら、自分の横に誰がゐるかも忘れてしまつてゐた。

「ねえ、私のアンニイ、先刻の話は一たいどうしてくれるのだ」

「…………」

「私はもうお前なしでは生きてゐられないのだ。私と結婚しておくれ」

「…………」

「私は幸ひ二人が結婚しても困らないだけの金を持つてゐる。二人で南向きの、住み心地のいい、実用的な、それでゐて芸術的な、すばらしい家を一軒建てよう。私はもと建築技師をやつてたこともあるのだ。そして――ねえ、アンニイ、聞いてゐるのかね」

「…………」

「聞いてはゐないね。私は先刻からお前と結婚したいと云つてゐるのだよ。アンニイ」

「うるさいねえ。何ですよ」

「私は先刻から話をしてたのだよ。お前に相談をしてゐたのだ。だのにお前は黙つてゐる」

「あたしに相談なんぞせずに勝手に何でもなさつたらいいぢやありませんか」

これを聞くと老紳士は眼を輝かして立ち上つた。彼は帽子を取るとよろめきながら出て行つた。後では何時までもミシンの音だけが呟きつづけた。

シヤンゼリゼエで藤田に会ふと彼は蝗のやうに友人に飛びついた。藤田が呆気に取られてゐると彼はフフフと狐のやうにほくそ笑みながら云ふのだつた――

「ねえ、藤田君、あの女が承諾したのだ」

彼はサマンの家を訪れた。あいにくサマンは居なかつた。彼は家人に聞いてサマンの行つてゐるといふフロラ卿の邸宅を訪れた。門番はこの変な紳士を追ひ返さうとした。すると騒ぎを聞いてフロラ卿と一緒にサマンが玄関に姿を現した。すると彼はいきなり門番をつき飛ばしてサマンに飛びついて行つた。彼はサマンの手を握ると急に泣き出してしまつた。

「どうしたのだ」

サマンは心配さうに訊ねた。

「サマン君、喜んでくれ給へ。あの女がとうとう僕と結婚することを承諾したのだ」

フロラ卿はくすくす笑ひ出した。するとサマンの眼に涙が光つた。

出来上つたコルセットを着て、朝から鏡の前に立つたり坐つたりして、アンニイ夫人はひとりで悦に入つてゐた。彼女の空想の中で、コルセットを着た美しい未亡人と、色男のシモンとが腕を組んでシヤンゼリゼヱの街を歩いてゐた。すると扉が開いて二人の紳士が姿を現した。

「アンニイ、お早やう」

「お早やう、ムツシユ・フヂサワ、どう？　あたしの新しいコルセットは」

「よく似合ふよ。しかしともかく急ぐことにしようぢやないか」

「何を？」

「今日は日曜日だ」

「ええ、それで？」

「教会に行くのだ」

「教会に行くつて」

「さうだ、そして結婚式をあげるのだ」

「誰の？」

「私とお前とのだ」

「あたしとあなたとの？」

「さうだ」

「御冗談でせう」

「冗談だつて。冗談なものか。私はもうちやんと結婚手続をすまして来たのだ。書類はここにある。指環もここにある。さあ兎に角出かけようぢやないか」

「冗談はお止しなさい。あたしあなたと結婚なんかすると云つた覚えはないわ」

「今更何を云ふのだ。早く行かう。そら教会の鐘が鳴つてゐる。牧師さんに九時に屹度行くからと約束して来たのだ」

「ほんとうなのですか」

「ほんとだとも」

「馬鹿におしでない！」

女はいきなり彼の手から結婚手続の書類を捥ぎとると、ずたずたに引き裂いてしまつた。彼女はそれを窓から投げ棄てた。

「さあ、帰つておくれ。馬鹿馬鹿しい。ちえつ、己を知れだ。いい年をして、人が黙つてゐれば、勝手に結婚の手続までしたりなんかして、人を甘く見るとあてが違ひますよ」

「アンニイ、私はお前が――」

「あばばばばばばば」

女はいきなり壁に立てかけたあつた箒を取ると、とうとう二人を追ひ出してしまつた。彼等の後で扉が嘲けるやうにばあんと閉つた。街は埃にまみれてゐた。

「ねえ、藤沢君、一たいこれからどうするつもりだ」

藤田は心配さうに彼の顔を見た。

「僕は継続するよ」

そして老紳士は力なく歩き出した。

ある日老紳士は高価なボンネットを抱へて愛人の家を訪れた。すると台所庖刀《ママ》を持つてアンニイが窓から覗いた。アンニイは彼ににこやかな微笑を投げるとすぐに表の扉を排して出て来た。

「どうも毎度ありがたう、ムッシユ・フヂサワ。あなたはあたしにそのボネト《ママ》を持つて来て下さつたのでせう」と彼女は彼が何にも云はないうちからさう云つて、彼の手からボンネットを取り上げた「あたし前から欲しい欲しいと思つてゐたのよ。どうも有難う。ムツシユ・フヂサワは親切ですわねえ。——でも」と彼女は急に声を高めて「あたしには今はれいきとした亭主があるのですからね。これからはもうあたしの名で家を訪ねて来るのは止して下さいよ。では御機嫌よろしう」

　女が引つ込むと、後から亭主のシモンがにやにや笑ひながら出て来た。

「手前は何だ。乞食か。乞食なら台所から廻つて貰ひてえ」

老紳士は叮嚀に愛人の新しい夫に頭を下げると、埃の多い散文的なモンパルナスの街の方へ引返して行つた。


　以上は私の未定稿である。私はここまでを兎も角も小説の形を借りて書いて来た。しかし何故か私はここまで来ると、私の知つてゐる藤沢老人について、この先を小説として書く気をふいに失つてしまつたのである。私は、これをこれつきりつつぱなして置かうとも思ふ。しかし未定稿とは云ひ条、それでは少し無責任のやうな気もするので、兎も角も私の書きたいと思つたことだけを、以下、筋書的につけ加へて置きたいと思ふ——

　愛するものを失つたこの老紳士はすぐに又愛するものを見出した。それはリユクサンブルグで見出した愛くるしい女の子である。その女の子はボツチチエリの画いた春の女のやうに美しかつた。彼はその女の子の機嫌を取り初めた。色んな絵本だの、リボンだの、靴下どめなどを買つてやつた。彼はその女の子に日本の話をしてやつた。富士山だの、琵琶湖だの、東京だの、博多人形だの、岐阜提灯だの、絵凧だの、花火だの、そんな話を。すると女の子は日本に行つて見たいと云ひ出した。彼は連れて行つてやらうと約束した。でも彼はひとつの条件を持ち出した。

「ねえ、マリちやん、小父さんはマリちやんを日本に連れてつてあげようけれど、その前にマリちやんは小父さんの妻にならなければいけないのだよ」

「ツマに？　ツマつてなあに」

「妻だよ。何でもいいからそのツマになれば小父さんはマリちやんを日本に連れて行くのだ」

「なるわ」

老紳士は彼の恋人を抱き上げて頰ずりをした。そして歩き出した。するといきなりばたばたと後で足音がしてマリは何者かに捥ぎ取られた。彼は劇しくつき飛ばされた。

「どろぼう！　どろぼう！」

マリの母は狂気のやうにどなり立てた。老紳士は啞然として立つてゐた。群衆が集つた。巡査がやつて来た。

「どうしたのだ」

「こいつがあたしのマリを誘拐しようとしたのです」

「君はこの方のおつしやるやうにこの方のお嬢さんを誘拐しようとしたのか」

「冗談を云つて貰つちや困ります。世の中はめちやくちやだ。私はこの女と結婚しようと思つたのです。私はこの女に恋してゐるのです」

「君の云ふ女といふのは、この小さな女の子なのか」

「さうです」

「気狂ひじみた云ひ抜けは止し給へ。この女の子は幾つだと思つてゐるのだ」

「七つだと聞きました。しかし年なぞはどうでもいいのです。この女も私の妻になることを承諾しました。私はほんとうにこの女と結婚しようと思つてゐるのです。――ねえ、奥さん、ほんとうに私にマリちやんを下さいませんでせうか」

「お巡査《まはり》さん、この人は気が変なのぢやないでせうか」

「さよう、狂人なのですな」

そして彼は癲狂院へ入れられたのである。彼は癲狂院の人たちともすぐ友達になつた。彼が癲狂院へ入れられた話をすると、白い歯をむいて「恋をした奴を癲狂院に入れるなんて怪しからん」と云つて憤慨する誇大妄想狂の患者もゐた。すると癲狂院の哲学者が「いや近頃恋をしたものは癲狂院に入れるといふ法律が出来たのだ」と説明して聞かせた。癲狂院に入ると彼は又恋を初めた。それはソロモンの王女であると名乗つてゐる若い乙女であつた。彼が彼の恋を告げると、王女は厳かな声をして、身分賤しきものよと云つた。彼女の眼は地中海のやうに碧かつた。彼女は何時も膝の上に手を乗せて空ばかり見つめてゐた。解方《ママ》石のやうに白くて冷たい女であつた。

彼が癲狂院に入れられたと知つて怒つたのはサマンである。彼はすぐにも彼を癲狂院から出して貰ふことを交渉すべく、市長の手紙を持つて癲狂院を訪れた。サマンを見ると彼はフフフと例の狐のやうに微笑んでサマンの手を強く握りしめた。

「よく来てくれたね」

「君もとんだことになつたものだ。君を狂人だと云つたのは一たい何処の誰なのだ。僕はそいつを殴りつけてやりたい気がするよ。今にでも君はここを出れるのだ。君の不幸を――」

「いや」と老紳士は柔和にサマンの肩に手をおいた「僕はここで幸福なのだよ」

そこで今でもこの黒薔薇のやうに珍奇な老紳士はソロモンの王女の君臨してゐる癲狂院に居るのである。

一九二六・六

変な経験

二日ばかり前の雨が未だに乾ききらないで道は泥濘《ぬかる》んではゐましたが、道玄坂には相変らず夜店が並んでゐました。店は両側に並んでいる、その前に人が集つてゐる、すると、光りは両側にあるので、つまり人の向ふ側にあるので、その並んでゐる人が黒い影法師になつて、しかも変な気味の悪い影になつて、ずらりと並んでゐる、――殊に私は少し酔つてゐたものだから、それがその日は特別に奇妙に見えたのです。そんなに飲んだといふほど飲みはしなかつたのですが、あんまり強くない私は幾分足を掬はれ気味になつてゐました。一たい私はそんなに酒は好きではないのです。

ほんの一日かそこら前に、私は『禁酒禁煙禁慾』を思ひ立つた、といふよりも心から誓つたことがありました。私はそれをちやんと奉書紙に叮嚀に書いて捺印までしたのですが、間もなく禁煙の方は破つてしまひました。どうも二日ばかり喫はないでゐると、頭がぼんやりして、ふらふらして、余計いけないやうでしたから。だが禁慾の方は大丈夫でした。私は妻と子供とを一緒に郷里に帰してしまつたのです。私は私たちの無鉄砲な結婚を近頃ではつくづくと悔いるやうになつてゐました。だが、今更ながら私たちは運命といふ奴には敵ひつこはないのです。あの時分の私には自分の意志などといふものはまるで無かつたやうにさへ思はれる。ただ何だか訳の解らない不思議な意志に繰《ママ》り人形のやうに動かされてゐただけだつた。急に知り合になつた女といきなり結婚するやうになつてしまつてから、私はやつと自分のやつた事に気がついたのでした。その時はもうどうにも仕方がなくなつてゐたのです。ぼやぼやと暮してゐるうちに子供が出来る、さうすると私の愛は子供の一身に集りました。それも考へて見ると溺死せんとする者が浮いてゐる藁を摑むと同じ気持だつたのでせう。くだくだしいことを省いて一口に云へば、私は妻が嫌ひだつたのです。一緒に暮すやうになつてから彼女の缺点が、誇張して云へば、毎日一つづつ位の割合で私に見えて来たのでした。妻が女の子を生んだことまで、さうすると不快になつて来たのです。気まづい何日かが続くやうになりました。その中に正月近くなつたので私は妻を連れて郷里に帰りました。年が明けると私は二人を残して、少し忙しいから先に発つと云つて上京してしまひました。すぐに自分に行けば仕事の片附き次第呼ぶからとさう云つてはおいたのですが、いや真平だと思つてゐたのです。だが、東京に出て来てやれやれと思つたのは束の間で、これで落つくかと思つてゐたら飛んだ間違ひでした。私は考へるともう忌々しくて、ひとりで腹を立てるやうな、苛々した毎日が続き初めたのです。妻からは毎日のやうに、もう出て行つてもいいかといふ手紙来る。返事もしないでゐると、不平を云つて来る、あんまり執拗いので、俺が来いといふまで待つてゐろといふ葉書を一本書いて出すと、有難いことにやつと手紙が来なくなりました。それで少しは気が楽になりました。酒でも飲んでやれと思ひ出したのはその頃のことです。自棄酒といふわけでもなかつたのですが、酒でも飲んだら偶には少し位は面白いこともあるだらうと思つたのです。初めは不味くて弱つたのですが、それより幾ら飲んでも酔はないのに閉口しました。私の父がやつぱりそのたちで、平生は飲まないが、宴会の席などで仕方なく飲まされると、いくらでも飲むのだが、いくら飲んでもちつとも酔はないのです。私は酔漢の見つともない様子を見てあんなにはなりたくないものだと思つてゐたので酔へなかつたのでせう。気さへ確かなら酒には酔はないものと見えます。殊に私は泣き上戸とか云ふ奴と見えて、度を過せば過すほど気は確かになつて来て、憂鬱にさへなつて来るのです。だが、それにしても、酒を飲んだ時の気分と平生の気分とはまるで違ふところを見ると、あんなのを酔つたといふのかも知れません。なにしろ、それで禁酒の方も見事に破つてしまつたといふわけなのです。

ところで、私はその時も少し酔ひ加減で道玄坂を歩いてゐました。私の酒の教授をしてくれた田中も一緒でした。私たちは宇田川で飲んだのですが、百軒店でもう一ぱいやらうといふのです。私たちは『百軒店』と赤と緑の色電燈で書かれてある看板の下を抜けて、フヱアリイ・ランド——とんだフヱアリイ・ランドですが私たちはさう呼んでゐました——に入りました。私たちはずつと奥まつた所にあつた、葡萄色の電燈の点つてゐるサロン・ド・リユンヌに入りました。ここは初めてでした。

まるで霧の中にゐるやうな気のする所です。隅の方に農大の生徒が二人珈琲を啜つてゐました。張場《ママ》に近い棕櫚の鉢のある所に、髪の長い、いづれ芸術家の卵か何かでせうが、むづかしい顔をして、これも珈琲を飲んでゐました。まん中の所には兵隊が高らかに話しながらこれはビイルを呻《ママ》つてゐます。私たちは一番入口に近い卓子に陣どりました。するとまづい顔の給仕女《ウエイトレス》が註文を聞きに来ました。

『麒麟二本』

と田中がすぐに云ひました。

私は入つた時から気のついてゐた、兵隊の所にゐた給仕女に改めて注意しました。これは先づ美人と云つても差し支へないでせう。ただあの眼を除いたら、すばらしい美人だと云つても云ひ過ぎゝはないほどでした。瓜実顔で、すらりとした鼻で、柘榴のやうな唇で、色が白くて、肉つきが申分なくて、——とかう云つて来ると月並な美人になつてしまひますが、どうして月並などころか、それに水蜜桃のやうな甘い香さへする女なのです。ただ残念なのは眼が少々俗に云ふ倫敦巴里なのです。二つの瞳が別々にとんでもない方を向いてゐる。もし彼女が盲目だつたら『盲ひたる美女』とか何とか、少々甘くはあるが、何かの題目にでもなりさうなのです。田中も彼女が美人であるといふことにはすぐに賛成しました。

ビイルが来たので私たちは乾杯しました。それから何だかくだらない事を話し初めました。ここの卓子つきと見えて先刻の女が私たちの前に坐つてゐる。恐しく愛嬌のない女で貼紙《レッテル》のやうに澄ましてゐる。田中がその女に、あの女は何といふ名前だと訊ねると『百合子』と小さい声で答へて下卑た笑ひ方をしました。私は何気なく時計を見上げました。時間を見たのではない、かうすると横にゐる百合子が見えるのです。百合子は煙草を輪に吹いてゐました。

私たちは何だか上の空でべらべらと色んな話をしました。それから何度となく時計を見上げました。私が百合子に惚れてしまつたのだと思はれては困ります。何でもない、その場だけの、美しいものに対する淡い心持だつたのですから。ところが何度目かに私が時計を見上げた時でした。百合子がずつと私を見てゐるのに気がついたのです。その次に見上げた時にも。それからその次にも。

妙なことに、さうすると私は変な気がして来て、時計を見上げるのを中止しました。そして訳の解らないことを田中に話しかけ初めました。私はふと嫌な妻の顔を思ひ出してしまつたのです。

暫くして私は傍に人の気合を、そして強い白粉の香を感じたので、ひよいと振りむきました。すると例の百合子が私の傍に来てゐるのです。百合子は椅子を尻にくつつけてずり寄つて来たものと見えます。さう云へば椅子の足がききと鳴つてゐたのを聞いたやうな気がしました。私が振りむくと、百合子はにつこりと実に魅力のあるあでやかな微笑みを微笑みました。

『お国は福岡ですつて』

とさう云ふのです。

『ああ』

と私も思はず答へてしまひました。私と田中とは郷里の話でもしてゐたものと見えます。

『あたしもさうなんですの』云つたかと思ふと彼女は機関銃のやうに喋舌り初めました〔。〕『若松とかおつしやいましたわねあたし戸畑なんですの。お隣りですのね。あたし若松にもよく行つたことがあるんですけど、ほら、何時も賑やかでしたわね、恵比須様のお祭り。お輿が出たり、曲馬団が来たり、見世物小屋がかかつたり、換へましよとか云つて金の恵比須様一つで大騒ぎをしたりなんかして。本町に吉沢つて経師屋があつたでしよ、今だつてあるでせうが、あそこの豊子つて綺麗な人、ご存知でしよ、あたしよく知つてるんですの。今でもゐますかしら。それともお嫁に行つたかしら』

百合子は夢みてゐるやうな眼をして――眇眼にもなかなか棄て難いところがあるものです――べらべらと喋舌りましたが、彼女の云つてゐることに少しも間違ひはないのです。私は急に彼女に親しみを感じました。

『戸畑は何処?』

と私は訊ねて見ました。

『堺町ですの。魚屋のどつさりあるとこ。――知つとりませうもん』

ふいに百合子が田舎言葉を丸出しにしたので私たちは笑ひ出してしまひました。

私たちはそれから急に打ちとけて郷里の話をしたのですが、暫くすると田中が電車がなくなるからと云つて帽子を手にしました。もう十二時近くなつてゐたのです。田中は下谷にゐました。だが明後日引つ越すと云つてゐたので

『引越し先は』

と私は訊ねました。

『さうさう』

と云つて私が万年筆を取り出すと百合子がそれを捥ぎ取りました。彼女は器用にちゆとインクを押し出しておいて

『何処?　あたし書いてあげるわ』

といふのです。

田中が引越す先を云ふと、百合子はそれをすらすらと書きましたが〔、〕その字のうまいのに私は驚いてしまひました。彼女も自分の字のうまいことを示したかつたのでせう。書いてしまふと自分で一度眺めてからさし出しました。

『うまいもんだなあ』

『ラヴ・レタアを書くに持つて来いの字だ』

と田中が云うふと

『いいわよ』

と拗ねて見せました。

田中が『失敬』と云つて帰つてしまふと〔、〕――これからがどうも変なのです。私と百合子はそれからも色々なことを、重に郷里のことを、話しました。どうせくだらないことばかりであつたのですが。百今《ママ》子が自分の受持の卓子に帰らないので、私の卓子の女が兵隊の方に行きました。兵隊さんが下卑た調子で私たちを冷かしました。その時私は気づいたのです。どうも百今《ママ》子の私を見る眼が前とは違つて来たのです。百合子は上眼にぢいつと覗き込む様にして私を見てゐます。凝視して、と云つた方がいいかも知れません。そんな風な眼つきなのです。と思ふとふいに私ににじり寄つて来て〔、〕いきなり私に抱きつきました。いや驚いたの驚かないのではありません。私は振り離さうとしました。が離れるどころではありません。噛《ママ》りついてゐるのです。そして私の腋の下から両手を背中に廻して私を抱きながら、哀願するやうな眼をして例の柘榴のやうな唇をつき出すのです。兵隊が痛快さうに笑つたのが、何だか遠い所で銹び鐘でも叩いてゐるやうに〔、〕私の耳に響きました。私を見てゐる沢山な眼が、何だか生れて初めて見た変なもののやうに思はれて、私は気が変になるやうな気がしました。強い脂粉の匂ひが、――いや確かに熟した水蜜桃の匂ひが、ふんと私の鼻を刺戟しました。

『あなた！　あなた！』

百今《ママ》子は囈言のやうに叫ぶのです。

私は抱きついてゐる百今《ママ》子を左手で押して、蟇口から金を出して彼女にやらうとしました。だが百今《ママ》子は首を振つて取らないのです。私がやつと立上ると彼女はぐんぐん私を奥の隅に押し込んで、私の上にのしかかつてしまひました。その時気がつきましたが、彼女は申分なく丈の高いすらりとした女でした。私は強く百今《ママ》子を突き離しておいて、表に飛び出

しました。私は道玄坂とは反対の暗い坂下の方に逃げ出しました。すると百今子《ママ》は

『待つて下さい。待つて下さい』

と叫びながら後を追つかけて来るのです。どうも変な気持でした。するとふいに向ふに交番の赤い電燈が見えたので、突差《ママ》に巡査に見られては面倒なことになると考へました。そこでついと暗い横町に曲つてしまひました。すると、ぱたぱたとゴム裏の雪駄の音がして、百今子《ママ》は私を見つけてしまつたのです。

『あなた、キスをして!』

とさう云ひながら、又私に抱きつきました。私はその力のあるのに驚きました。百今子《ママ》は腋の下から手を入れて私を抱き寄せると、いきなり唇を私の唇に押しつけました。すると私は、自分でもどうしてだかわからなかつたが、ぎゆつと百今子《ママ》を抱きしめて、その甘い唇を吸つてしまつたのです。

随分と長い間私たちの唇はくつつき合つてゐたやうに思ひました。私たちの唇が離れると、百合子は一寸私の顔を見て黙つて、妙にしほしほと百軒店の方に上つて行きました。その後姿が変に淋しかつたのです。

×　×　×　×　×　×
×　×　×　×　×

変な経験——とさういふ外はないのです。こんなことは二度とはないでせう。がこれも考へて見るとどうも確かに変に違ひないのです。あの時は百合子が私に所謂一目惚れといふ奴をやつたのかとも思つて見ました。だがさう思ひきつてしまふほど、私は自信がないのです。少くとも、それにしてはあの熱し方は少し過分に思はれる。友人のOにこの話をすると、Oも私が今云つたことには賛成して、それは多分、過去に百合子は君に非常に(!)よく似た男に恋したことがあつたのだらうといふ見解を下しました。なるほどそれも一理あります。しかしこれはそれにしても少しロマンチツクでありすぎるやうだ。そこで私は最後に百合子を狂人にしてみてやつと解つたやうな気がしたのです。さう云へば名を聞いた時『百合子』と答へた給仕女の眼がどうも変な様でもあつた。ともあれ、百合子は色情狂なのだ。田中が帰つてから百合子の様子はたゞ事でなかつた。当り前の人間の様子ではない。いくら何でも、あれだけの人目の中で、もし普通の理性を備へてゐるものだつたら、あんなことが出来る筈がない。百合子の狂気が突然何かの拍子で出て来たのだ。私はかう考へる

やうになつたのです。それが一番正しいやうだから。

ところが、それはそれとして、不思議な現象が起りました。――今だから白状してしまひますが、あの暗い所で抱き合つた時、私は変なことをしてしまつたのです。百合子が千断れる程私の唇を吸つて、やつと満足したやうに唇を離した時私はふいに彼女の○○○○に手をやつたのです。すると彼女はついと○を引きました。正直に云ふと、私は彼女を慰んでやらうかと、その時一寸考へたのです。その時は私も大胆になつてゐたものと見えます。――その後ここを通つた時には私は自分を嘲りたい気持になりました。百合子にはそれきり会ひません。会ひたくもありません。それから私にはこの思ひ出が、私に対するひとつの尊い批判の鏡になつたのです。それはそれとして、不思議な現象といふのは、そのことがあつてから、私は急にしみじみと妻のことが思はれるやうになつたのです。そして私は初み《ママ》て、その翌る日に、郷里に閉ぢ籠められてゐる可哀さうな妻に、情のこもつた、しみじみとした手紙を書いたのでした。（完）

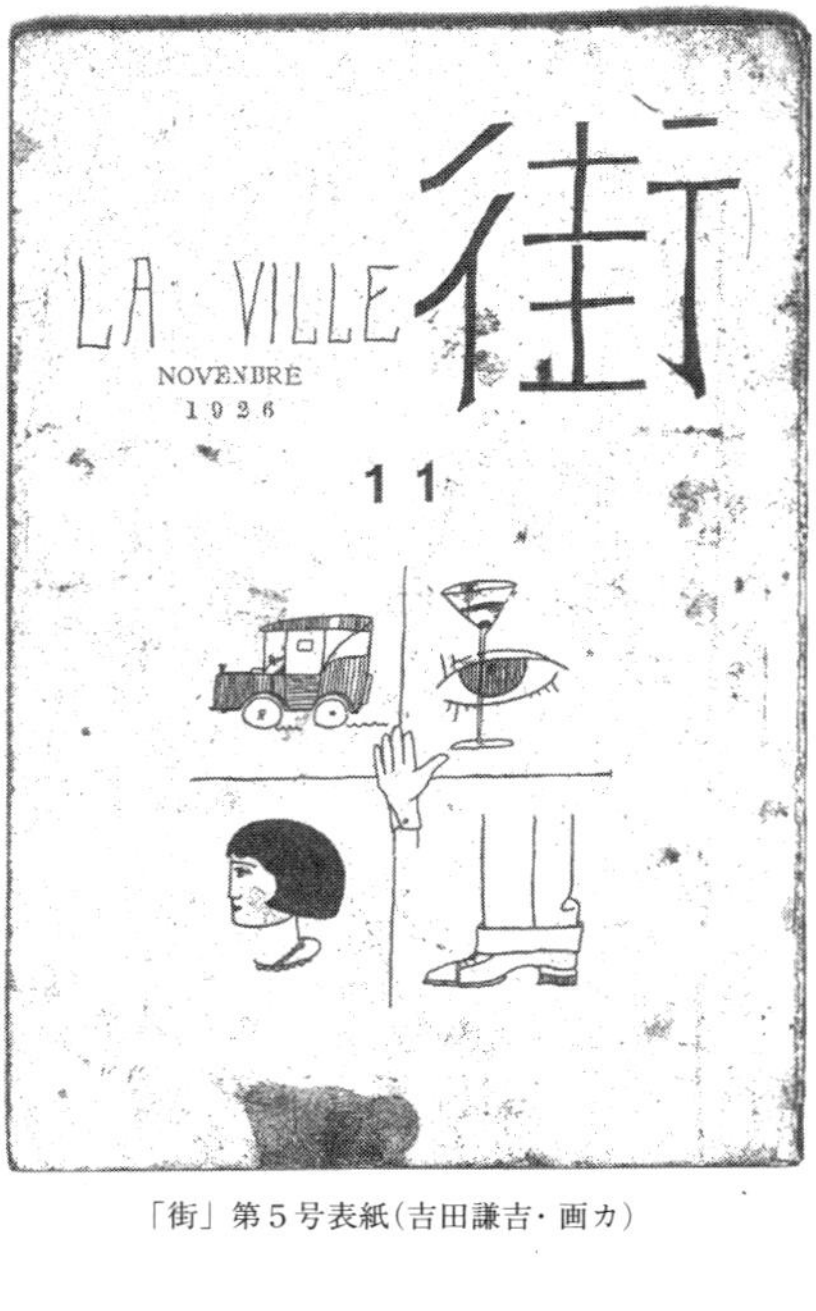

「街」第５号表紙（吉田謙吉・画カ）

果樹園風景

見はるかすとまつ青な秋晴れの空にお城が玩具のやうに白く光つて見える。七曲のつづら道を荷馬車は埃を立てながら歩んで行く。五平は口の中で鼻歌をうたつてゐる。五平は果物問屋の主人の夏密《ママ》柑のやうな頭を思ひ出してくすくす笑つてゐる。あの爺め、このすばらしい林檎を見たら何といふだらうと思つてゐる。

四曲まで来ると棒きれを振り廻して剣戟の真似をして遊んでゐた子供達がばらばらと走つて来た。

「危いぞ、危いぞ」

五平は手をあげて叫んだ。

「小父さん、林檎をくれ」

「林檎をくれ」

「林檎をくれ」

子供達は口々に叫んで馬車に取りついた。

「こら、こら、危ねえちうたら」

五平は馬の尻を叩いた。馬は走り出した。

「林檎をくれ」

「林檎をくれ」

「小父さあん」

子供達は埃にまみれながら馬車の後から走つて来た。

「仕様がねえなあ」

五平は舌打ちして馬車を止めた。

「一つゞつだぞ」

彼の箱の中から小さいのを選んで子供達に一つづつ与えた。

「お礼を云はねえか」

「小父さん、おほきに」

「おほきに」

子供達はぽこりぽこりと小さい頭を下げた。

「はははは、さ、もうついて来るでねえぞ」

尻を叩かれて馬は動き出した。

「小父さん、ばんざあい」

「ばんざあい」

「ばんざあい」

「ばんざあい」

子供達は林檎にかぶりつきながら左手を高く挙げた。

空はかぎりなく青かつた。五平は幸福さうに微笑して声をあげて鼻歌をうたひ出した。


「いや、とてつもない林檎ぢやや」

かんかんと音をさせてみながら果物問屋の主人は惚々と見入つた。主人の掌の上ではかつちりと実の入つた赤ん坊の頭ほどもある林檎が地球のやうに廻転してゐる。

「ところで、あつしが先刻云つた値では？」

と五平が云ふと顎をつまんでゐた手を外して
「よからう」

と手を打つた。

渋り出すと蛞蝓のやうだと云はれてゐる問屋の主人がかうやすやすと云ひ値に手を打つのは五年に一度もないことだ。

五平は甚だ得意である。

秋の日ざしを受けて見事に出来た林檎が幾千とない象牙の玉のやうに輝いてゐる。果樹園の番小屋から五平は猫のやうに覗いてゐた。彼は鉄砲の筒先を壁の穴から出して引金を引いた。ばあん‼　音が呻りながら青空にもぐりこんで行つた。林檎畑から烏がまつ黒に飛び上つた。

「今年やおつそろしい烏だわい」

五平は忌々しさうに呟いた。

ある日林檎の手入をしながら歩いてゐた五平は、果樹園の下を流れてゐる川の岸であひびきを発見した。娘のお千代と滝口の為吉であつた。二人は岸に腰を下して足を流れに浸してゐた。お千代は大根のやうな足を。為吉は午《ママ》蒡のやうな足を。さうして二人とも人参のやうな顔をしてゐた。やつとるなと五平は思つた。彼は出来の悪い林檎を一つもいで、川の中に投げこんだ。飛ばしりを浴びて二人は飛び上つた。五平は急いで林檎樹の蔭に隠れた。お千代はすぐに父を見つけた。

「いやな父つあん」

それから三人で烏のやうに笑つた。

為吉の祖父の寅蔵が極楽に行つたといふことは村で有名な話である。寅蔵は熱心な仏教信心者であつた。寅蔵はある日野良で働いてゐて卒倒した。人々が驚いてかけつけた時にはもう息が切れてゐた。死骸はすぐに家に運ばれた。坊主が来て、お経をあげて、戒名をつけて、北を向いた枕上にはほそぼそと線香の煙があがつた。みんなは声をあげて泣いた。彼の妻は彼に取りついて

「寅さあ、どして死んだんぢや、寅さあ、寅さあ」

　と云つて泣いた。

卒倒してから一時間半ばかり経つてからであつた。寅蔵は急に眼を開いた。彼はあたりをきよろきよろ見廻してゐたが

急に鞴のやうに怒り出した。

「どして俺を起したんぢや。え！　馬鹿野郎どもが！　え！　どして起したんぢや！」

みんなは呆気に取られた。

後で聞くところに依ると、寅蔵はあの時極楽の門口まで行つたのださうである。彼は白い蘆の茂つた道を長いこと歩いた。道は湿つてゐた。やがて向ふの方に寺で見た絵にあつた通りの極楽の門が見えて来た。近づくと大きな池に蓮の花が真赤に咲いて浮いてゐた。その影がもう一つ逆さに池の中に真赤に咲いて浮いてゐた。門の中から如来様が白い鮒のやうな手でさし招いた。寅蔵は飛んで行かうとした。すると後の方で彼を呼ぶ声がした。

「寅さあ、寅さあ」

すると彼の身体がふいに後退りをし出した。極楽がどんどん遠ざかつて行つた。彼は前に進まうともがいたが、身体は吸はれるやうに白い蘆の道を後退るのであつた。それからふいと眼が覚めた。

寅蔵はこのことで一週間も機嫌をなほさなかつた。

二ケ月程後また野良で卒倒した。今度は生き返らなかつた。


滝口の老婆は銙豆煙管をやけにがんがん縁の閾に打ちつけた。近頃の煙草はばかにまづくなつたと思ふ。暮れがたの秋の日ざしが柔く林檎畑を抜けて足もとに落ちてゐた。寅市が野良から帰つて来た。彼は鍬を厩の壁に立てかけて井戸端に水を飲みに行つた。彼は桶に水を汲んで馬にも飲ませた。馬が一桶の水を飲んでしまふと縁に来て腰を下した。

「婆さ、おきんはどこ行つた」

「おきんのことなんぞ知らんぞえ」

老婆は歯で煙管の雁首をかちかちと鳴らした。

「寅さあ、爺さが死んでから二年もなる。お墓をどうするんぢや」

寅市は煩さそうに山の方を見た。

「そんうちに建てる」

「そんうち、そんうち云うて、もう今年も暮れるぞ」

「そんうちに建てる」

老婆はぢつと我が子の顔を見た。

「親不孝もんが」

と静かに云つた。鉈豆煙管が老婆の歯の間でつづけさまに悲鳴をあげた。


寅市の林檎畑は今年はどういふものか大して出来が良くなかつた。何時まで経つても青い膚が弱々しかつた。五平の林檎畑が今年はまた見事な果実をつけたことを知つてゐる彼はいらだたしくてならなかつた。肥料が悪いのだらうと云はれてM市から新しい肥料を取り寄せた。この高価な肥料も立派な果実が出来さへすれば安いものだ。新しい肥料を濺がれて果実は少しばかり生き生きした。だがそれも肥料の損失を救ふほどでもなかつたのである。噛《ママ》つてみると甘酸つぱくてかすかすしてゐた。

村人達の唯一の余技としては浄瑠璃が流行してゐた。毎年秋祭の前に行はれる浄瑠璃大会にはM市からも町の素人太夫がやつて来た。村にも五六人の素人太夫がゐた。村長も寅市も五平もその一人であつた。村長は「現はれ出でたる武智光秀」を得意にして語つた。寅市の十八番は「熊谷陣屋の段」であつた。寅市さんは声にさびがあると云はれてゐた。五平の十八番は「阿波の鳴門」であつた。大会の前になると、野菜畑の隅から、林檎樹の陰から、或は便所の中から、前稽古する村人達の銅間声が聞えて来た。今年も盛大に開かれた。


会場は村の小学校の教室を二つ抜いた。紺の幔幕が張り囲らされ、Y村大浄瑠璃大会と麗々しく書かれた提灯が鈴なりに軒下に生《な》つた。村長の挨拶が終ると、村の衆達が次々に演台に出て野良声を張りあげた。小学校の校長もフロツクを着て演台で呻つた。駐在所の巡査も八字髭をふるはせて怒鳴つた。寅市も出た。彼は「三勝半七酒屋の段」をやつた。拍手が起つた。五平は十八番の「阿波の鳴門」をやつた。

「巡礼に御奉謝。お願ひ申します」

「おお、可愛らしい巡礼の子、名は何と云やる」

「ああい、お鶴と申します」

「ええ！　して父《とと》さんの名は」

「ああい、阿波の十郎兵衛と申します」

「してまた母《かか》さんの名は」

「母さんはお弓と云つて……」

「……………」


五平得意の一くだりであつた。

五平が下りると拍手が起つた。五平の時にはあんなに叩きやがると寅市は思つた。

浄瑠璃大会は何時果てるともわからなかつた。小使部屋の虫籠の中では轡虫が一晩中がちやがちやと鳴いてゐた。

明け方近くになつてやうやく最後の太夫が演台を下りる。

村長が出色の太夫に引出物を賜はる。

寅市は水引をかけた反物を貰つた。五平も貰つた。俺のより少し大きいやうだなと寅市は思つた。

連れだつて帰つてゐた村人は何を考へたかいきなり引出物を田圃の中に投げこんだ寅市にびつくりした。


鎮守の秋祭が近づくと例年のやうに総締が定められる。祭の事務一切を世話する名誉な役である。祭の一月前に村の重だつた人々が神社に集つて神前で投票する。今年は多分寅市さんか五平さんかであらうといふのが一般の噂であつた。二人は色んな点で妙に競争する立場にあつた。投票の結果は四票の差で五平であつた。

寅市は庭で草鞋を編んでゐた。空は曇つてゐた。土砂降りに降ればいい、一月も二月も降りつづければいいと彼は思つた。彼の家の前を村人達が何人も五平の家の方に行つた。祭の相談に出かけるのに違ひなかつた。めちやめちやに降ればいいと思つた。

納屋の方から老婆が出て来た。老婆は洗濯でもしてゐたのか手を石鹸の泡でまつ白にしてゐた。寅市を見ると云つた。

「寅さあ、爺さが死んでから二年もなる。お墓をどうするんぢや」

「馬鹿‼」

寅市は大砲のやうに怒鳴つた。

老婆はびつくりしてきよとんとしてゐた。しばらくして
「馬鹿た何ぢや」

と静かな声で云つた。

「馬鹿ぢやよ。馬鹿ぢや馬鹿ぢや馬鹿ぢや馬鹿ぢや馬鹿ぢや」

いつの間にか彼は立ち上つて老婆の頭をぽかぽかと殴つてゐた。


ある日寅市は林檎の見本を荷馬車に積んで市に出かけた。寅市の持つて来た林檎を見た果物問屋の主人は夏蜜柑のやうな頭を叩いてから、おもむろに顎をさすり出した。

帰る時には寅市は虻のやうに不機嫌になりながらやけに馬の尻を叩いてゐた。空車はまつ白に埃を立てながら七曲のつづら道を狂犬のやうに疾走した。


祭が来た。鎮守の森にあかあかと燈籠がともつた。屋台店が鳥居から本殿までずらりと並ぶ。風船の笛がぷううと間の抜けた音を立ててゐる。村の娘が年に一度の化粧をして白蕪のやうになつて通る。太鼓の音が村中に鳴りわたつた。神輿が出る。元気のいい若衆達の肩の上で神輿は癇の立つた馬のやうに暴れ廻る。神輿の先頭に軍配を持つて先払ひながら行くのは今年の総締五平さんだ。

「神輿のお通りだ、どいた、どいた」

祭が闌の頃であつた。

「あいた、あいた」

急に五平が悲鳴をあげ出した。

「どうした、どうした」

「あいた、あいた」

「五平さ、どしたんぢや」

「いたい、いたい」

五平は左腕を出した。二の腕に胡桃のやうな瘤が出来てゐる。

「犬神めぢやな。こいつめ」

囃子の弥吉が持つてゐた笛で瘤を叩いた。瘤は異様な叫び声をあげてなくなつた。

「いたい、いたい」

五平が死にさうな声を出した。

「どうした。落ちたぞい」

「背中ぢや。いたい、いたい」

背を出すと瘤は背筋のまん中に来てゐる。

「こいつめ」

すると瘤は消えて五平がひいひい悲鳴をあげた。

「あいた、あいた、あいた」

今度は膝小僧に来てゐる。

歩けなくなつて五平がへたばつたので村人達は五平を担いで社務所に運んだ。五平は悲鳴をあげつづけた。

「足を出しなさろ」

神主が御幣をかかへて云つた。五平は足を出した。神主は恭々しく御幣をいただいて、膝小僧を払って、八百万《やほよろづ》の神々に祈禱を捧げ初めた。

「いたい、いたい、いたい」

五平はそこら中をころげ廻つた。やがてあつと云つてひつくりかへつた。

「ほれ落ちた」

気がつくと五平ははあはあと息を切らしてゐた。


村人の噂では寅市の犬神が五平に憑いたといふことであつた。


五平はある日林檎畑の下を流れてゐる川に鮑が白い腹を出して幾つも幾つも浮いてゐるのを見た。まだ死にきれずに空気を呼吸してゐた鮑が彼に秘密を告げた。彼は弾かれたやうに林檎畑に飛びこんだ。しまつたと彼は思つた。見事な象牙の玉のやうだつた林檎が茶褐色の斑点を持つている。それらの斑点からはじめじめした粘液めいたものが林檎の膚を舐めるやうに這つてゐる。どれもこれもであつた。

「おのれ！　滝口の犬神野郎め！」

五平は歯ぎしりして地団太踏んだ。暫くすると涙がぼろぼろと出て来た。


五平は番小屋の中で日の影げ《ママ》るのを待つた。玩具のやうに白く見えるお城の陰に暮れやすい秋の日がやがてうすらさびしい日ざしを落して行つた。腐つた林檎樹には烏が墨をぶちまいたやうに群れてゐる。今にみろと彼は思つた。もうそろそろ為吉とお千代が来る時分だ。彼は鉄砲に注意深く弾丸をこめた。

林檎樹の陰にやがて二人の睦じい姿が見えると五平は番小屋の穴から鉄砲の筒先を出した。

ばあん!!

烏がまつ黒に飛び立つた。

一たい烏を追ふための鉄砲に実弾を使ふことは法律で禁じられてゐる。鉄砲は単に鳴子の代りに使ふに過ぎないのである。だが貪婪な烏の群は追つても追つても果樹園に雲集する。果樹園の所有者は我慢することが出来ない。彼等はかくして屡々実弾を使用する。駐在所の巡査もある点までそれを見て見ぬ振りをしてゐる。五平が為吉に怪我をさせたことは五平の陳べる通り過失であるといふことになつた。村人は日頃から五平を信頼してゐる、五平が人殺しをするなどとは村人には茄子《ママ》の蔓にトマトが生《な》るといふことほど信じられないことである。

離れに寝せられて為吉はうんうん呻つてゐた。寅市は苦しんでゐる我が子の姿を見つめながら、はつきりと、これは確かに五平が狙ひ撃つたのだといふことを感じた。

彼は手紙を認めた。

「五平殿相カワラズリツパナリンゴニセイガ出ル事ト思イマス候。サテ為吉の事ヂヤガコのゴロハ又別シテイタミガハゲシイヨオヂヤ。ホツトケバイノチガナクナルカモ知レヌ。ソコデ俺ワ言イタイ事ガ御座候。五平殿ワリンゴニ来タカラスヲウツタ玉ガハヅレテ為吉ニアタツタト言ワレ候。ダガソレハ俺ワチガウト思ウのヂヤ。五平殿ワ俺の為吉ヲネライウチシタのヂヤ。俺ワヨオ知ツトル。イクラ五平殿ガ言ウテモ俺ワヨオ知ツトル。モシコの事ガオ上ニ知レタラドンナ事ニナルト思ウ候ヤ。五平殿ワ人ゴロシト言ウ事ニナルのヂヤ。ソレカラカンゴクニ入ルのヂヤ。カンゴクニ入ツテクサイメシヲクフのヂヤ。五平殿の家のモのワ村中カラ爪《ママ》ハジキサレルのヂヤ。モシソヲナルのガイヤヂヤツタラ何トカハナシヲツケヨオト思イ居リ候。ハナシのツゴオニヨツテワ俺トテ何モコの村カラナワツキヲ出ソオトハ思ハヌ候。敬百《ママ》　寅市」

かうしておけばいいと彼は思つた。

弾丸は為吉の肩胛骨の下を潜つた。命に別条はなかつた。呻りながら彼はお千代のゐないのが淋しかつた。恋人の病床に侍つて手厚い看護をするといふことは大したことだ。だがさういふ彼のセンチメンタリズムも父にかかると一たまりもなかつた。父は彼がお千代の名を口にすると山芋のやうに怒つた。

「あげな鬼の娘《めろ》が何ぢやい」

さういふ父の権幕は彼にお千代を得ることが出来なくなるかも知れないといふ劇しい不安を与へた。

オチヨ

オチヨ

その名は弾丸のやうに彼の肩胛骨の下を潜つて心臓の中に飛びこむのであつた。

寅市は五平の来るのを待つた。来たらしこたま金を取つてやらうと思つてゐる。

納戸の陰から老婆が鉈豆煙管を咬へて出て来た。

「寅さあ、爺さが死んでから二年もなる。お墓をどうするんぢや」

「そんうちに建てる」

「ふん、そんうちい、な」

老婆は憎さげに首を振つた。

「そんうちい、そんうちい、――」

呟いてゐたが、急に悲しげな顔をして納戸に入つた。

寅市は借財を細かく計算してみた。すつかりで七百六十八円五十四銭であつた。前から幾度となく催促されるその借金をどうしたものかと思ひ悩んでゐた。為吉の怪我はもつけの幸であつた。
「為よ、五平からうんと金をしぼつて仇を取つてやるぞ」
さう云ふと、しかし為吉は
「父つあん、そんなこと止めよ」
ときまつて云ふ。そんなことで喧嘩でもしたらお千代を女房にすることが出来なくなる。だがさう云ふと父は
「馬鹿、何にもわからんくせして」
と云つて怒つた。

五平に出した寅市の手紙は甚だ効果的であつた。五平はある日青い顔をしてやつて来て二時間ばかり話して帰つて行つた。帰る時には泣きさうな顔をしてゐた。二時間の間老婆は障子にやもりのやうに吸ひついてゐた。五平が帰ると飛び出

した。

「寅さあ、お墓を建てよ、お墓を建てよ」

「そんうちに建てるよ」

「金取りくさつて。五平から金取りくさつて。金があるに爺さの墓建てるがいやか」

「そんうちに建てるちうたら」

「ふん、そんうちい、な。親不孝もんが！　ふならもうえ。建てんちうならもうえ」

老婆はさう云つて狂人のやうに表に飛び出した。

老婆は井戸端に立つて怒鳴つた。

「わしやもう死んでしまう。こげな親不孝もんのとこにや居りとない。死んだがましぢや」

寅市は驚いて跣足のまま飛び下りた。

「なに馬鹿な真似するだ」

「墓建てるか。墓建てるか」

「危ねぢやねえか」

「墓建てるか。墓建てるか」

老婆は蟬のやうに井桁にしがみついて云つた。

「建てる。建てる」

それを聞くと老婆は安心して井桁から離れた。

老婆の笑顔を見て寅市はやけにぺつぺつと唾を吐いた。


八百円といふ金は云はばその日暮しの村人にとつては実に莫大な金なのである。

見はるかすとまつ青な秋晴れの空にお城が玩具のやうに白く光つて見える。七曲のつづら道を荷馬車は埃を立てながら歩んで行く。五平はぶつぶつ鼻歌をうたつてゐる。五平は果物問屋の主人の夏蜜柑のやうな頭を思ひ出して胸を悪くしてゐる。荷馬車には腐つた果樹園から辛じて取ることの出来た五箱の林檎が積まれてゐる。見本を積んで行つた時には問屋の主人が禿頭を叩いて喜んですつかりを前金で払つてくれた。行けばがみがみ云はれるに違ひない。さう思ふと五平は腐つた林檎のやうに憂鬱である。

四曲まで来ると棒きれを振り廻して剣戟の真似をして遊んでゐた子供達がばらばらと走つて来た。

「危いぞ、危いぞ」

五平は手をあげて叫んだ。

「小父さん、林檎をくれ」

「林檎をくれ」

「林檎をくれ」

子供達は口々に叫んで馬車に取りついた。

「こら、こら、危ねえちうたら」

五平は馬の尻を叩いた。馬は走り出した。

「林檎をくれ」

「林檎をくれ」

「小父さあん」

子供達は埃にまみれながち《ママ》馬車の後から走つて来た。

五平の眼に前には深海のやうな青空があつた。馬車はその底知れない海のまつただ中へ疾走して行くのであつた。彼は眼まひを感じた。すると彼の聴覚へ数知れない鳥の囀りに似た喋音が機関銃のやうに殺到して来た。

「林檎をくれ」

「林檎をくれ」

「林檎をくれ」

「林檎をくれ」

「林檎をくれ」

「林檎をくれ」

「林檎をくれ」

……………

……………

彼は急に手綱を引いた。馬は飛び上つて、嘶いて、立ちどまつた。

「林檎をくれ」

「林檎をくれ」

五平は馬車の上に立ち上つた。

「やるぞ、やるぞ、いくらでもやるぞ」

彼は箱の蓋をこじ開けた。箱の中には林檎が間の抜けた顔をして白痴のやうに積めこまれてゐた。やがて子供たちの上に林檎の雨が降つて行つた。五平の憂鬱は林檎と一しよに飛んで行つた。林檎を撒きながら五平はまばらな歯をむき出して高らかに笑つてゐた。

烏が山の方から群れて来た。

さてわれわれはこの物語の終りに一枚の風景画を持つのである。

私の父の郷里はM市在のYといふ所で、林檎の産地として名高い所である。Yには今でも私の父の兄が大きな果樹園を監理してゐる。私は父の郷里を三度訪れた。伯父の持つてゐる果樹園は実に尨《ママ》大なものであつた。遠くから見るとながながと寝そべつてゐる豹のやうな形に続いてゐた。

伯父の家を訪れた時、果樹園を一人の老人が案内してくれた。老人はもう六十を越してゐるだらうと思はれる。それで頑丈に日焼けして若者のやうに大股に歩いた。数知れない果実を孕んだ林檎樹は工場の煙突の間に育つた私はもの珍らしかつた。懐しくさへあつた。老人は栽培法や採取法や肥料の話などをこまごまと説明してくれた。田舎は平和だといふのは浅薄なセンチメンタリズムかも知れない。だが私はかうした空気の中で、かうした老人と話をしてゐると、さう思はないではゐられなくなるのだ。私達は疲れたので番小屋に腰を下した。番小屋は二畳の狭苦しい家だつた。小屋に二十五六に見える女が赤ん坊を膝に乗せて坐つてゐた。唐茄《ママ》子のやうな感じのする女であつた。

「おちいよ、お客様にお茶を出しな」

女は私に挨拶して粗末な茶器に番茶を入れて出した。

「ありがたう」

咽喉が乾いてゐたせいか出された茶は馬鹿においしかつた。

「為はまだ帰らんか」

と老人は云つた。

「もう帰るでしよ。それよかお房《ふう》はどこに行つたかな」

女は赤ん坊に乳を含ませながら云つた。

「また東納所《ひがしなんしよ》の芳坊とこでも行つたんぢやろう」さう云つて老人はふいと外を見て「また来くさつたな。お客様、あいつにや一番手を焼きますよ」

老人の指すところを見ると、貪慾な烏の群が呆けた鳴き声を立てながら熟した林檎を狙つて墨のやうに群れてゐた。

老人は壁にかけてあつた鉄砲を取り下した。

「かうやつて追つぱらふんです」

壁には丸い穴が幾つも開いてゐた。そこから老人は鉄砲の筒先を出して引金を引いた。烏が煤のやうに飛び立つた。

「危いな」

私が呟くと

「なあに空《から》ですよ」

と云つて老人は笑つた。

伯父の家には私は二週間逗留した。その間毎日樹からもいだばかりの新鮮な林檎に舌を打つた。

ある一日私は畑番の老人の家に招待された。老人の家は果樹園の端にあつた。古くて粗末な藁葺きであつた。家の下を清らかな川が流れてゐた。硝子のやうに透きとほつた川には鮠がついついと流れに逆らつて游いでゐた。田舎流の粗野な御馳走で腹が一ぱいになると私は裏に出た。無理に進められて猪口に三杯ばかり呑んだ。上気してゐた顔にすうつと冷つこい風が当つていい気持であつた。裏には小さい花畑があつた。花畑には色々な秋の花が丹精されて咲いてゐた。花畑の隅に大きな無花果の木があつて、その下に墓があつた。花崗岩を四段に重ねて、南無阿弥陀仏と彫つて、三段目の平石には七つ星の紋を浮彫りにして、可成り金をかけたものらしかつた。俗名滝口寅蔵之墓大正九年五月吉日滝口寅市建之としてあつた。その墓の傍に釣り合ひのとれないほど小さい墓があつた。俗名滝口トメ之墓大正十一年五月吉日滝口寅市建之としてあつた。この二つの墓は多分夫婦の墓なのであらう。大きな墓の傍に一つの卒塔婆があつた。雨に曝されたせいか黒くなつて字は読めなかつた。三つの墓の前には新しい菊の花がふくいくと香つてゐた。

伯父はこの畑番の一家についての挿話をある日私に聞かせてくれた。私を案内してくれた老人は五平であつた。寅市は病気で一昨年死んだといふことであつた。寅市の女房のおきんは伯父の家で飯を焚いてゐる。

それにしても花畑の隅にある三つの墓のある風景は妙に酸つぱい眺めである。

一九二七・五

女賊の怨霊

一

天保三年五月十七夜のことである。

女は髪を大童にふりみだして栂の林をかけ抜けると鶯宿梅の咲いてゐた山の一つ家の戸をがたがたと叩いた。

『お願ひでございます、お願ひでございます。』

中から白張の赤大口《あかおほくち》の袴をはいた老婆が、睡さうな眼をしよぼしよぼしばたたきながら朽ちかけた板戸を開いて皺くちやの顔を出した。逸早くとびこんだ女は老婆が呆気にとられてきよとんとしてゐるのも構はずに戸をぴしりと閉め切つて老婆を行燈の所の土間に促した。女は語り出した。

『お婆さん、きいて下さい。私は京二条の或経具師の長女なんでございます。それが今夜のこと恰度お爺様の六回忌になりますので下婢《したため》といつしよに本願寺に供養に参りましたのでございます。町は淋しくてもうあのお月さまの外は犬の子一匹見えませんでした。そこに恐しい盗賊が表れたので《ママ》ございます、黒い覆面をして抜身をひつさげた……そいつが私を追ひかけて来たのでございます。下婢は《ママ》とは別れ別れになつてしまひました。今頃は盗賊の為に手ごめにされておりませう、あ……私どうしたらい丶でせう。〔』〕

美しいその女はさめざめとそこに泣き俯した。老婆は可愛想だと思つた。ふと女は怖《おび》えたやうに顔を上げて耳をすました。彼女は老婆に縋りついて叫んだ。

『もし、盗賊が追つて来ました、隠して下さい。』

矢庭に戸ががらりと闢いた。此の老婆の息子だつた。息子は這入つて来た切《ママ》那驚いて立ち竦んだ。面皰《にきび》のある赧ら顔の醜い男である。

『どうしたい、伜。』

男は黙つて女を指さした。

『此の女《あま》が、盗賊《ぬすと》に追はれたんぢや。』

男はやつと安堵したやうに土間からのこのこ上つて毛脛をまくり出して足座《あぐら》を掻くと今更のやうにつくづくその女の美しさに見入つた。彼の眼は熔けてしまふやうに揺《ゆら》いでゐた。

『空腹《ひも》じいだらう、何か買うて来てやるづら。』

男は媚びるやうにこう云つて立上つた。葛籠のところによろよろとよろけて行つたが旧ぼけた葛籠の中から鏡を出して顔を映して見とれてゐたが女の方を振り皈つて見て、いひゝゝと気狂じみた笑を洩した彼は幾らかの金を葛籠の底から探し出してまだ女計りを見つめながらもう一度嬉しさうな笑をげらげらと零して戸口をあけて出て行つた。女は青白い月の光りと山の静謐とを見ながらはたはたと淋しさを破る草履の音の遠ざかつて行くのを耳にした。

暫くしてがやがやといふ大勢の声が聞えて来た。女は蒼くなつて老婆の裾を引いた。

『盗賊です、隠して下さい。』

女の声は顫えてゐた。老婆は女を促して暗い納戸に押し込んでから行燈の下で縫物を初めた。

どやどやと会釈もなく這入りこんで来たのは検非違使の役人共だつた。狩袴をはいた下司が老婆に声をかけた。

『老婆、此辺《このわたり》に二十四五の色の白い、地蔵眉の女が来たのを知らないか。そうそう、それから左の眉の下に大きな黒子《ほくろ》の有る……。』

老婆は顔も上げないで、

『何でございませうか、まるつきりの愚聾《どつんぼ》でございまして……。今夜は月がよいから狐も出るか、誑すか、何でございませうか。』

下司は皮肉らしい微笑を漾せて遠慮もなく土足のまゝづかづか上つて行つて老婆の耳房《みゝたぶ》に口をつけて喚いた。

『先刻ここへ来た二十四五の色の白い地蔵眉で、左眉の下に大きな黒子《ほくろ》のある女を見かけはしなかつたかと訊いてゐるのぢや。合点がいたたか。』

こう云つて彼は微笑んだ。老婆は簡単に

『知らないでございます。』

と云つて針を危つかしげに進ませた。下司は再び微笑んだ。その笑《えみ》の中には明らかに、こうは云つて居ても確かに知つてるに違ひない、此んなことはもうすつかり馴れ切つてしまつたのだ、他人の悪を曝け出す役を長年したお蔭で……。彼は沙羅の袱紗から二枚の小判をとり出して見せた。それを老婆の鼻の先に持つて行つてその匂を嗅した。

『な、教へてはどうぢや、あの女は洛中切つての女盗《ママ》棒だぞ。そんな者を隠してどうするのだ。彼女《あいつ》は黄金の仏像を奪ひ掠めて逃げたのだぞ。』

老婆は女が女賊だときいて教へたくなつたよりも金の光りに目が晦んだ。

『金なんか下すつたて知らないものは知らないんでございます。』

と老婆はこう云ひながら納戸を指さして目配せした。下司は点頭《うな》づいてみんなを見返つた。役人共は有無を云はさずか弱い女賊を引擦り出して引つ立て、行つた。老婆は身震した。荒つぽ《ママ》く引きづられて行く女の顔が呪はしさと口惜《くや》しさに歯を食ひしばつて老婆を睨めてゐたからである。妖艶な顔に乱髪が凄さを加へた。

女が連れ去られた事を聞いて折柄皈つて来た白痴の息子が腹を立てた。彼は恋しい女を掠《と》られたと思つて腹を立てたのだが其んな色は欠《おくび》にも出さず

『この情知らず奴！』

と老婆を戸の外に蹴出してしまつた。彼は大きな声を出してわあわあと泣き出した。

二

女賊新紋きよぢは『罪状重なるを以て』の裁決の下に六条河原に梟首にされた。がその首は一夜明けた日にはもう生々しい血の外何も残つてはゐなかつた。同族が奪つたのだらうと洛中の輿論が一致した〔。〕検非違使は厳重な非常線を洛中くまなく張り亘した。

山の庵では息子は毎日ぷんぷん怒つてゐた。彼の心は女の美しい姿にすつかり魅せられてゐた。彼の前にはあの姿がち

らついて仕方がなかつた。

老婆は又毎日恐ろしい日を過した。彼の《ママ》心には女の最後の恨めしい形相《ぎようさう》がまざまざと彫刻されてゐた〔。〕彼女《かれ》はいつもいつか取り殺されるに違ひないと思つては戦慄した。

或る月の細い夜半だつた。息子は相変らすぷんとしてもの思はしげに細い猫の瞳孔のやうな月を見詰めてゐた。ふと彼はその月の中に女の顔が表れたやうな気がした。微笑んだやうな気がした。老婆を恨んでゐると云つたやうな気がした。がそれは根も葉もない妄像だつた。

が彼は興奮した。『俺は婆のために恋しい女を奪れたのだ。あの女は婆を殺してくれと云つてゐる。』彼は狂ほしくつつ立ち上つた。彼の眼には女の顔が始終《しよつちゆう》くつついてゐた。

彼は研ぎすました鎌をふり上げた。月の光りがきらりと反射した。ず《ママ》べてが終つた。

彼は老婆の腹を刳つた後に彼の頸動脈をめがけてずぶりとつつこんだ。冷りとした。


（一九二二、七、八作）

「街」第３号表紙（小林徳三郎・画）

埋草漫語

一頁余るから何か書けと宇野が強硬に迫るから、仕方なしに書くのである。仕方なしに書くつもりでペンを取り上げて見ると、全く書くことがないでもない。――いろいろ云ひたいことの中でもまつ先に云つて居かねばならないことは「街」同人の集り方についてである。「君たちの集り方は出鱈目だ」と或る友人は云つた出鱈目、さう、出鱈目に違ひない。田畑が何時か私に云つたやうに、これは確かに、ミユーズとメフイストフエレスのあいの子である文魔の仕業に違ひあるまい。しかし出鱈目だからこそ面白いと思ふのだ。烏合の衆といふ言葉が軽蔑の意味に使はれてゐるならば、私はこれをより新しくより近代的に使はうと思ふのだ。「街」は何等の主張の下にも集つてはゐない。何等の旗幟をも掲げてはゐない。しかし同人の各々が、自分だけの主張を持つて、自分だけの旗幟を高く掲げて、自分だけの世界に、帝王のやうに、君臨してゐるのだ。私たちは、自分の持つてゐるものを、持つてゐるまゝに、たとへ天上からミユーズが抗議を申し込んで来ようとも誰憚るところなく、勇しく、ドン・キホーテのやうに勇しく、投り出すのだ。同人同志でも全然正反対の芸術的見地に立つてゐる者もあるかも知れない。十人十色と、古い言葉だが、これは何時まで経つても真実である。ただ我々は同じく芸術を愛するといふ点で結ばれて居り、それが故に、我々は各々自分一個の芸術を、アカデミカルにではなく、夢想せる建築家として、地上にも、天上にも、誰憚るところなく、建設することが出来るのだ。

現文壇が妖怪屋敷であれ、百鬼夜行であれ、修羅場であれ、案山子の製造工場であれ、或ひは、エデンの園であれ、たとひ何であらうとも、我々は、そのまん中に、我々の「街」を、もう設計図だけは出来上つた、素晴らしい「街」を建てなければならないのだ。

我々はまだ勿論卵であるかも知れない。しかし必ず孵る卵である。諸君はアンデルセンの「醜い家鴨の子」の話を憶えてゐられるでせう。卵から孵つた彼は、彼等とは似てゐなかつた為に、家鴨仲間からさんざんに虐められた。しかし家鴨の子として醜かつた彼は、実は、目も眩ゆい程美しい白鳥の子だつたのだ。私はこの話をこゝに引つ張つた《ママ》来た訳を、そんな解り切つてゐることを説明しようとは思はない。ただ、だからと云つて私たちがそれほど自惚れてゐるのだとも思はれたくはないのです。そして、向ふ見ずな、家鴨的な批評は御免だと云ふのです。

私たちは精進してゐるのだ。それだけだ。そして完成が跡方《ママ》のない夢なら、それで沢山ではないか。我々は末梢神経的な完成よりも、巨大な、そして美しい雲のやうな、未完成の方を求めてゐるのだ。

御遠慮なく色んなことを云つて頂きたい。真面目な御忠告ならそれがどんなに我々の心に痛からうとも、恰度病人が医者の痛いメスを黙つて受けるやうに、有難く頂戴いたします。それは若しかしたら病気にかゝつてゐるかも知れない我々の、よき鞭韃薬になるのですから。その代り我々も気のついたことは遠慮なく云ふつもりです。

（玉井雅夫）

「街」総目次〔未定稿〕と編輯後記集

総目次

創刊号＝第一巻第一号（大正15年4月1日）

編輯兼発行人　中山省三郎
印刷所　内田活版所（牛込区山吹町）
発行所発売元　稲門堂書店（早稲田大学前）

小説
林檎樹と猫　田畑修一郎　1〜10
無限を渡る跫音　寺崎　浩　11〜18
狂人　玉井　雅夫　19〜39
詩
デメ・キンの詩　渡辺　修三　40〜42
小説
アンテナを切る　三好　季雄　43〜50
戯曲
トロイの木馬　坪田　勝　51〜58
薄暮の窓
小品二つ　五十嵐二郎　59〜61
先生　岸本　勲　62〜65
埋草漫語　玉井　雅夫　66
編輯後記　宇野　逸夫　67

第一巻第二号（大正15年5月1日）

編輯兼発行人　中山省三郎
印刷所　望月印刷所（牛込区馬場下町）
発行所発売元　稲門堂書店（早稲田大学前）

小説
狂人―或は瘋狂院挿話―　玉井　雅夫　1〜16
短篇集（競争者、霧の中、仮面の女）寺崎　浩　17〜25
詩
狐色の月―たはむれに―　中山省三郎　26〜27
小説
秋日小景　田畑修一郎　28〜30
支那人の喧嘩　岸本　勲　31〜37
ある葬式の話―我が「故郷物語」の一　宇野　逸夫　38〜44

劇評
築地小劇場と役の行者と　坪田　勝　45
編輯後記　中山省三郎　46

第一巻第三号（大正15年6月1日）※7月号
編輯兼発行人　中山省三郎
印刷所　望月印刷所（牛込区馬場下町）
発行所発売元　稲門堂書店（早稲田大学前）
小説
生活　三好　季雄　1〜13
戯曲
出帆　寺崎　浩　14〜38
詩
詩三篇　五十嵐二郎　39〜40
見知らぬ女―ブロック詩鈔（1）　中山省三郎　41〜45
編輯後記　宇野　逸夫　46

第一巻第四号（大正15年8月1日）
編輯兼発行人　中山省三郎
印刷所　望月印刷所（牛込区馬場下町）
発行所発売元　稲門堂書店（早稲田大学前）
小説
狂人――或は「戸まどひした近代芸術論」　玉井　雅夫　1〜15
詩
無題詩三篇　中山省三郎　16〜19
小説
鍵　菊池　侃　20〜26
あてどもなく　五十嵐二郎　27〜36
戯曲
空を見あげる　坪田　勝　37〜53
編輯後記　坪田　勝　54

第一巻第五号（大正15年11月1日）
編輯兼発行人　中山省三郎
印刷所　神正社（東京市高田町雑司ケ谷）
発行所発売元　稲門堂書店（早稲田大学前）
小説
妻と林檎　田畑修一郎　1〜12
変な経験　玉井　雅夫　13〜20
純潔（習作）　寺崎　浩　21〜26
血に流れた幻想　坪田　勝　27〜41
秋　丹羽　文雄　42〜55
同人雑記

編輯後記集

創刊号（第一巻第一号）

▲みらるる通りの体裁で「街」もいよいよ世に出ることになつた——ほつとする思ひである。

▲在京であるの理由を以て、編輯一切の事務を引受けざるを得なかつた玉井と私の二人は、それが創刊号であるだけに、一層の苦しい忙しい思ひをしなければならなかつた。が、とにかく斯うして諸君の前にお目見得出来るようになつたのをみると、流石に嬉しい気持である。

▲だが「街」はこれだけを以て全体を律してもらひたくない。「これは間に合せだ。意にみたないが」と云つて原稿を持つて来た同人もある。どうか長い眼でみてやつて戴きたい。

▲創刊号には同人全部が顔を揃へる約束であつたが、中山と私の二人はとうとう失礼してしまつた。中山は新居を構へるために忙しく、私は私のシナラのためにちよつと動きの取れない状態に置かれ、それにずぼらも手伝つて何も出来なかつた。が来月号には二人共必ず何か書いて諸君にみて戴きたいと思つてゐる。

▲それからこれは読者諸君へのお願であるが、成るべくなれば月極読者になつて欲しい。その方がお互に好都合だと思ふから。

▲表紙は小林徳三郎氏が書いて下すつた。御好意には同人一同深く感謝して居ります。

（宇野逸夫）

第2号（第一巻第二号）

▲創刊号はいろいろの点で意に満たない所が多かつたが、私達のこの企てを心から喜んで下すつた方がかなりあつたのは、とに角うれしい事であつた。号を遂うにしたがひ内容も体裁もよくなるであらう。創刊号でもいつたがどうか長い眼で見てやつて戴きたい。

▲創刊号の表紙は印刷所の手違ひから、原画とはかなりかけ離れたものになつてゐた。出来上つたのを見てはつとした。お書き下すつた小林先生にここでお詫び申上げます。

▲これは自分のことであるが、創刊号で宇野のいつた「諸君に見ていたゞきたいもの」が書けなかつた。来月号から、アリエクサンドル、ブローク詩抄をのせて行かうかと思ふ。かなり長く続くかも知れない。

▲来月は、本号に顔を出さなかつた五人が書く筈である。期待してほしい。

（中山）

▲今月から定価を下げて弐拾銭にした。少しでも多くの人に読まれることが希ましいからである。そのために紙質も代へた。

▲それからこれは先月もお願しておいたが成可くなれば月極読者になつて欲しい。

▲終に雑誌の寄贈、直接購読交換等のことは是非編輯所あてにして戴きたい。

▲左の諸雑誌の寄贈にあづかつた。御礼を申上げておきます。

新思潮、黄蜂、断層、畸形児

第3号（第一巻第三号）

▲いよいよ第三号を出す。これで最初の準備時代を終へる訳だ。「街」もこれからだといふ気がする。どう云ふ風に進んで行くか、みてゐて欲しい。

▲それにしても今月は少しさびしかつた。実は坪田が戯曲を書いてくれる筈だつたし、それに私も未完にして置いた小説の後をつゞけるつもりだつたのだが、病気をしたり忙しかつたりして、どちらも間に合はなかつた。

▲その埋合せと云ふのではないが、来月は特別号にするつもりだ。大抵なれば同人全部顔を揃へたいと思つてゐる。

▲創刊号、二号ともに可なり好評だつたのは嬉しい。そし

ていろんな方々から叱正や鞭韃のお言葉をいたゞいた。力強いことに思つてゐます。

▲方々から雑誌をおくつていたゞいた。ありがたくお礼を申し上げて置きます。

葡萄園・新思潮・辻馬車・劇場・風景・朱雀・興隆期・みなと

——宇野逸夫——

第4号（第一巻第四号）

■同人の帰郷等の都合で八月号をべら棒《ママ》に早く出すことになつてしまつた。初めてでもあり突然でもある僕の編輯だけに不満な点があるかも知れない。お許をこふ。

■特輯号にするめぐり合せになつたが月が八月である故次号に延ばしてしまつた。従つて田畑、岸本、宇野の作品をその大作である理由のもとに載せ得なが《ママ》つたことを遺憾に思つてゐる。

■街もこれで三号四号の峠を切りぬけて来た訳である。声高く歌ひ出すのもこれからであると皆万年筆を握りしめてゐる。

■所が幸と云はうか此の秋十月（?）から同じ様な三四の同人雑誌と合併して新しい雄飛をすることになるかも知れない。その時街の名の消えるであらこと《ママ》によつて、廃刊になつた等と早合点してくれては困る予めお断りしておく。

■僕が二月作品の発表をし得ないでゐたら、K氏や他の方々に好評されたので怖気がついたのだらうと云つてる奴があるさうだ、然しそんな僕ではないから安心して欲しいものである。作品の出来不玉《ママ》来は誰にもある。蔭口をきく御深切がある位なら、寧ろとん《ママ》どん投書してくれゐることを望んでゐる。

■表紙を新らしく吉田謙吉氏にお願ひした。お願ひしておいて経費や何かの関係から今月も実行し得ずにゐて誠に相済まない次第である。

■色々な事情で今までその時を失つてゐた菊池が今度いよいよ加はることになつた。愛読を願つておく。

■千部のうち僅かに六七十部残つた創刊号及び五月号の返本が来た。御希望の方に二銭切手三枚でお頒けする。

——坪田　勝——

第5号（第一巻第五号）

なに？　二ケ月休刊したのでお廃しかと思つたたつて？冗談云つちやいけない。英雄に閉日月あり、文才あるもの又筆を休めて……てな名句を知らないね、君は。まあ文句後にしてこの十一月号し勢揃ひを見てくれ。なんとまあ素晴らしいものぢやないか。文壇の老若男女ことごとく腰をぬかして云々の観があるぢやないか。そうだそうだ。君は流石に眼が高いよ。然し今度新潮の新人号に坪田が載せたからと云つて、街があれだけだなんて思つちや困るぜ。君のその眼の高い所でまあずらりとこう一見渡ししてみ給へ。どこに坪田に劣る者が居ると云ふのだ。居ない。ね。居ないだらう。要するに坪田は運がよかつたんだよ。もしそれがなかつたら街の同人全部が新人として乗り出すに誰も文句を云はなからうぢやないか。そこで初めて合点するなんて君もよつぽどよつぽどだな。どうして廃刊なんか出来様筈があるものか。まあ一寸足を止めてこの群集の声を聞き給ひ。皆んなが云つてる言葉が解るかね？　街街街街街街街街街街街街……

　それにどうだらうこの仲のよさは。見る者がもし処女ならば恐らく顔を赤らめて眼をつむるかも知れないつてところだ。物騒物騒！　この辺でお別れし様。と、と、と、云ひ忘れたがね、郵便物とか何とか総ての御用はこれから坪田方街社の方へ送つてくれ給ひね。ぢや、さよなら。

第6号（第二巻第一号）

●種々の都合で今まで休刊して居たが、見られる通りの元気で第二年号を出す。各方面の御期待にそむかざる充実振りと思ふ。

●同人一同昔のまゝだが都合によつて丹羽が止し、入り代りに牧野か《ママ》新に加はる事となつた。その最初の作品が「財布の始末」である。まあ読んで見て頂けばこゝで下手な提灯も持つ必要のない事はお解りだらう。

●何分初めての編輯だし、御覧の通りの厚さだし、実に骨が折れた。慣れるに従つてよくする事が出来よう。悪い所があれば責は私が負ふべきだ。大方の叱正を待つ所以である。

●思へば休刊中を「街」は？「街」は？　とかなり騒がれたものだ。止したわけでも何でもない。同人の大部分が一層勉強するために無意味な学校を止したり其他今後益々いゝものを書くための準備中に過ぎなかつたんだ。一切は今後の作品に見て貰へば解る。

◇再刊に際して方々から鞭韃やら祝辞やらのお言葉を頂いた事をこゝに一同に代つて御礼申上げて置きます。猶今後の「街」に関する一切の書信其他は左記へお願ひします。

牛込区、喜久井町六二番地
内田方
「街」社宛

――内田忠生――

同人名簿一覧

東京市外戸塚二一光翠館
　五十嵐二郎　１２３４５（６）
滝ノ川南谷端二一〇〇中野アパートメント
　渡辺　修三　１２３４
府下杉並町成宗六八
　玉井　雅夫　１２３４（５）６
牛込区弁天町一柿沼方
　田畑修一郎　１２３４５６
府下向島寺島町一四〇五
　坪田　　勝　１２３４５６
府下杉並町阿佐ケ谷七四六
　中山省三郎　１２３４
府下杉並町阿佐ケ谷七四六中山方
　宇野　逸夫　１２３４５６
市外中野本郷二〇七鶴田方
　寺崎　　浩　１２３４５６
芝区高輪車町二六
　岸本　勲（邦夫）１２３４５６
市外下戸塚五四四大里方
　三好　季雄　１２３４５（６）
　菊池　　侃　４５６
　丹羽　文雄　５
東京市牛込区喜久井町六二
　内田　忠生　５６
　柳生日出男　５６
　牧野武之助　６

〔編注〕「総目次」を「未定稿」としたのは、全冊を現物確認していないためである。大半を複写資料、一部は小田切進編『現代日本文芸総覧』中巻（明治文献、68・1）によって補った。「同人名簿一覧」には、第3号掲載の住所を付記した。「個人情報」云々よりも、当時の早稲田大学文学部の学生が、どこに住んでいたかの一例として参考にしたい。また、火野葦平（玉井雅夫）の小説の背景としても、重要な情報であろう。同人名のあとに参加号数を記載した。手元資料では、第6号に「同人名簿」を見ない。ただ、五十嵐二郎の作品掲載はないが、そのまま在籍と推定した。玉井雅夫が第5号の「同人名簿」から落ちたのは、作品を発表しているので単なるミスであろう。なお、本稿の作成にあたって、早稲田大学文学学術院の鳥羽耕史氏にご協力をいただいた。記して感謝の意に代えたい。〔坂口　博〕

解題にかえて――「街」作品集――

坂口　博

本号は、火野葦平が早稲田大学時代に、大学の友人たちと創刊した文芸同人誌「街」を特集した。早稲田界隈の街並みをふくめ、葦平の過した早稲田第一高等学院（大学予科）からの5年間（1923＝大正11年～28＝昭和3年）の出来事も振り返りたかったが、それは今後の課題としよう。

「街」書誌のこと

小田切進編『現代日本文芸総覧』中巻（明治文献、68・1）には、全4号として書誌がまとめられている。「解題」では、「火野は七号までで終った、とはっきり書き、わたし丹羽文雄は五、六号までだったと回想しているが、わたしは尾崎一雄、平野謙、稲垣達郎氏らが所蔵する四号までしか見ることができなかった」と記される。それは、以下のようだった。

創刊号＝第1巻第1号（大正15年4月）
第1巻第2号（大正15年5月）
第1巻第3号（大正15年6月）

に加えて、第1巻第4号（大正15年7月）で全4号となっているが、この第4号は奥付欠だったようで、正しくは第2巻第1号（昭和2年7月）だ。

葦平は、後出の「「街」のころ」にて、「七号でつぶれた」と証言するが、これは「総目次」のように、6号までのようだ。また「狂人」掲載も3号連続ではなかった。

26年11月から半年以上も空いて、第2巻第1号（7月号）が出された。おそらくこれが終刊号だろう。第1巻第6号（26・12）の刊行も考えられるが、第4号から第5号の間隔を見るならば、可能性は低い。葦平の「七号でつぶれた」は、終刊号表紙の「七月号」を勘違いしたのではなかろうか。書誌的には、「街」全6冊で確定したい。なお、マイクロ複製版が作製されているが、その解題を参照することを、今回できなかった。

なお、発行人は創刊号以来、5号も中山省三郎になっているが、中山は4号で同人を退いていて、実質は坪田勝である。検閲の届出の関係で、そのままになったものか。こうした経緯を含め、田畑修一郎など葦平以外の「街」同人の紹介なども、紙幅の関係で見送らざるを得なかった。

表紙絵のこと

第5号の目次では、「表紙　寺崎浩」となっていたが、これは第4号「編輯後記」で触れられた吉田謙吉の絵ではなかろうか。なお、ほかの5冊は、すべて小林徳太郎の絵が使われた。また、「総目次」に注記したように、第3号は6月号版と、その上に7月号を貼り直した表紙の版もある。実際の発行が遅れたための処置であろう。

作品解題

本号に再録したのは、火野葦平の最初期に雑誌発表された小説6篇と随筆1篇である。文芸誌「街」掲載だけでなく、小倉・みはぎ乃詩社の文芸誌「揺籃」に寄せた「女賊の怨霊」も、ここに付載した。小倉中学4年生の時に、本名の玉井勝則の名前で発表した。活字になった第一作品、いわゆる「処女作」である。ただし、後出のように、葦平は「狂人」を「処女作」に扱ったこともある。これで、現在判明している、初期作品のすべての再録を、本誌は終える。これまで、第11号（08・12）の「聖杯」、第8号（05・12）の「燭台」、第19号（16・12）の「東方詩派」とまとめてきた。以下、収録順に簡単に説明する。

「狂人」（「街」創刊号、26・4）

これは、「九州文学」火野葦平追悼特集号（60・4）に再録されている。作中の「S・S」や「O・N」のモデルを、「街」同人など、葦平周辺に見出すことはできないが、ワイルド「ドリアン・グレイ氏の肖像」を模した「K・T氏肖像」は、玉井勝則から来たものか。

「狂人―或は癲狂院挿話―」（「街」第2号、26・5）

早稲田時代の「恋人」とされる鈴木美智子の「美智子」を借りた作品。「狂人」3作ともに「癲狂院」（精神科病院）が出てくるが、これは最初から最後まで、そのなかの物語である。この「彼」と「美智子」の関係には、人の妻となった初恋の人「志道静子」との関係も、いくらか影を落としているようだ。

「狂人―或は「戸まどひした近代芸術論」」（「街」第4号、26・8）

これは、『現代作家処女作集 早稲田作家篇 第1集』（潮書房、53・8）に再録されている。その巻末の「処女作回想」に、葦平は「「街」のころ」を寄せている。短いので全文を紹介する。

> 処女作といふのは、なにをさすのかわからないので、「街」から『狂人』を抜いた。私の二十歳の時の作品。「街」は、大正十五年、私が早稲田第一高等学院から大学に入つた年、同級生同志で出した同人雑誌で、同人は中山省三郎、寺崎浩、田畑修一郎、三好季雄、菊池侃、それに、玉井雅夫と号してゐた私など。後に、丹羽文雄が加はつたが、この雑誌は七号でつぶれた。
> 創刊号から、三号まで、毎号、私は小説をのせた。題は三篇とも『狂人』だつた。異常な世界にひどく興味を持つてゐたらしい。
> ここに抜いた『狂人』は、外国製のパリーの地図と案内書とを机辺において書いたもので、いま読むと恥

かしいものだが、処女作といへばこの作品がふさはしいやうな気がする。あたかも、旬日後にヨーロッパへ出発することになり、パリーの土を踏むことになつたことを思へば、青春の日の夢が三十年ぶりに実をむすんだことにもなる。このとぼけたムツシユウ・フフフはなつかしい。

なお、葦平には小説集未収録の短篇に「ムツシユウ・フフフ」(「別冊小説新潮」49・4)がある。これは、この「狂人」を基にして、いくらか設定を変えている。例えば、作中の画家・藤田(藤田嗣治)の役割は、パリ滞在の外交官の「私」=吉川が果たす。

「変な経験」(「街」第5号、26・11)

早稲田界隈ではないが、渋谷の「街」を舞台にした作品。道玄坂の「百軒店《ひゃっけんだな》」の一風俗を描く。若松出身で、妻子のある「私」の設定も興味深い。

「果樹園風景」(「街」第2巻第1号、27・7)

これまでの「街」作品が、都会の「狂気」を扱ってきたのに対して、一転して農村の一事件を描く。都会人には平和そうに見える「田舎」の風景にも、「狂気」は潜在している。父親・玉井金五郎の故郷である愛媛県松山市郊外の潮見村字吉藤《よしふじ》(M市在のY)の果樹園を舞台とする。蜜柑は林檎に置き換えられるが、犬神憑きや浄瑠璃語りの話は、のちに『花と龍』の序章「男の出発」の内容と一致する。また特筆しておかねばならないのは、五平が馬車の上から林檎をばらまく場面は、「糞尿譚」の糞尿を撒き散らす結末に繋がっていることである。

「女賊の怨霊」(「揺籃」第2号、22・8)

これは、長篇『思春期』(文潮社、48・12→現代社、54・8)に、加筆された全文が再録されている。「「女賊の怨霊」は七枚か八枚のほんの短い小品だつた。しかし、生れてはじめて活字になつた小説でなつかしい。東京に出て、彼はこの小説に若干の加筆をした。しかし、ほとんど同じものだと云つてもいい程なつかしいので、転載して見よう」と、作中で前置きする。両者を読み比べていただければ明瞭だが、加筆は「若干」ではなく、結末も大きく違い、『思春期』の方は、ほとんど改作と見做される。

「埋草漫語」(「街」創刊号、26・4)

本文中に触れるように、1ページの埋草として書かれた随筆。創刊号を編集したのは、宇野逸夫と玉井雅夫(葦平)だったので、編輯後記を宇野、筆の早い葦平が埋草と分担したのか。

校訂注

誤植・誤記と推測される箇所には、「ママ」とルビを振り、明らかな誤植も訂正せず、初出誌のままである。いささか読むのに煩雑であるが、確定不能もあるので、ご了解願いたい。なお、「九州文学」『現代作家処女作集』の再録では、ほとんどが下の方に訂正されてはいるが、ほかに大きな異同があり、底本としては使えない。
　なお、英語・フランス語の箇所は、綴字の誤植が複雑なので、訂正前を例示していない。「狂人」のなかマルドロ「亜剌比亜夜話」の詩行が原文のまま引用されているが、この校訂はフランス語に堪能な友人の小木曽裕子さんに依頼した。また、別の友人からは、以下のような翻訳を送っていただいた。「瑞々しい君の足で、君はわたしたちの大地に触れ、大地は歓びと光で震えたよ！／そして、君の目の輝きは夜の闇を彼方へと追いやった。／君に再び会うために、おお若き娘よ、私はここに、我が家はすでに、麝香と、薔薇水と、芳香樹脂で、満たされる準備ができている。」（藤田博史訳）。深謝。

　行数は本文にて表示。本文中の補記は〔　〕にて明記している。

2頁9行　教へた来た　↓　教へに来た
　11行　目分　↓　自分
3頁14行　違びない　↓　違ひない
8頁13行　怖かした　↓　脅かした
　19行　フイツシア　↓　フイツシヤア
9頁3行　怖やかした　↓　脅かした
11頁5行　ヱル　↓　エル
13頁14行　J教会　↓　T教会
　14行　足跡　↓　足音
14頁7行　立ち悚んだ　↓　立ち竦んだ
16頁4行　ごさいませう　↓　ございませう
17頁4行　やつてゐれは　↓　やつてゐれば
　15行　打ち明けて。　↓　打ち明けて、
　20行　或の朝　↓　或る朝
18頁11行　くれましい　↓　くれまい
　22行　何もかもつて　↓　何もかも云つて
19頁5行　るはせて　↓　漾はせて
　6行　漾ともない　↓　るともない（前行との活字の誤植）
　8行　中風な西洋館のに　↓　風な西洋館の中に（活字の誤植）
　9行　青練瓦　↓　青煉瓦
20頁17行　水水しい　↓　瑞瑞しい
21頁3行　貴方　↓　貴女
22頁17行　貴方　↓　貴女
23頁3行　アデレイト　↓　アデレイド
24頁16行　貴方のうやに　↓　貴方のやうに
25頁1行　貴方　↓　貴女
28頁7行　〔6字不明〕（入手した複写資料の原本の汚れのため）
　8行　〔7字不明〕（前同）
31頁6行　夢我夢中　↓　無我夢中
32頁14行　相合　↓　相好
35頁6行　相憎　↓　生憎

36頁18行　張場 → 帳場
37頁2行　隠やかに → 穏やかに
41頁1行　庖刀 → 庖丁
　3行　ボネト → ボンネット
43頁7行　解方石 → 方解石
44頁11行　繰り人形 → 操り人形
45頁18行　張場 → 帳場
　20行　呻つて → 呷つて
48頁9行ほか　百今子 → 百合子
　14行　噛りついて → 齧りついて
49頁4行　突差に → 咄嗟に
50頁4行　○伏字部分は、「彼女の腰のあたりに手をやつたのです。すると彼女はついと腰を引きました」か。
　8行　初みて → 初めて
51頁2行　夏密柑 → 夏蜜柑
53頁8行　午蒡 → 牛蒡
55頁9行　嚙つて → 齧つて
59頁11行　影げる → 陰る・翳る
60頁2行　茹子 → 茄子
　11行　瓜 → 爪（原稿どおりか。わざと誤記）
　12行　敬百 → 敬白（前同）
63頁17行　まみれながち → まみれながら
64頁20行　尨大 → 厖大
65頁5行　唐茹子 → 唐茄子
67頁10行　表れたでの → 表れたので
　11行　下婢はとは → 下婢とは
　16行　切那 → 刹那
69頁5行　女盗棒 → 女泥棒
　10行　荒つぼく → 荒つぽく
70頁2行　彼 → 彼女
　9行　ずべて → すべて
71頁下段12行　引つ張つた来た → 引つ張つて来た
　16行　跡方 → 途方
76頁上段9行　べら榛 → べら棒
　14行　得ながつた → 得なかつた
　21行　あらこと → あらうこと
下段6行　不玉来 → 不出来
　7行　とんどん → どんどん
77頁下段3行　牧野か → 牧野が

河童会議

作家と時代へ

田中一成

僕が初めて、火野葦平作品を読んだのは、小学二・三年頃であった。

葦平作品の中でも、読書し主に心に残り、感動した作品は、兵隊三部作だった。

兵隊三部作の、「花と兵隊」、「土と兵隊」、「麦と兵隊」は、兵隊であり作家でもある自分（葦平）を描き戦争の恐ろしさ、軍人の苦労さを描いていた部分から僕は、その時に、なぜ戦争という人の命を奪ってしまうような事をしてしまったのか不思議に思った。

然し、葦平作品は、そのような描写や考えも少しだけ書かれてはいたけれども、ほとんどの書き方は〝戦争〟を書くよりも〝軍人〟を書いていた。兵隊三部作には、軍人・兵隊と自らが体験した事を小説に書いたが、戦犯作家として公職追放となってしまったけども、火野葦平が、兵隊三部作や「糞尿譚」などに描いた事は、僕は決して間違いでは無く、正しい事を行っていたのだろうと思った。

一九三七年に陸軍伍長として召集されても、兵隊という人物では無く作家という人物になり、「糞尿譚」では芥川賞を受賞している。

僕は、二・三年の頃に兵隊三部作を読み物凄く心に残ったのだが非常に難しい部分があった。何が難しかったのかというと、火野葦平は、兵隊としてこの作品を書いたのかと思いながらずっと読書していたが、この間（七月）に、もう一度、兵隊三部作を読み返してみると、たしかに兵隊としての目線からも書いてはいるけれど、そこには何か分からぬ悲しみが描かれているような気がした。

「土と兵隊」は、兵隊達が歩いている事を主に描いていたりと、戦争への思いが少し違うような感じがした。

ただ、その描かれていた悲しみは兵隊として作家として、戦場に行ってしまった悲しみもあるのだろうと思った。

又、現在は火野葦平という、人物を知っている人が少なく、僕の友人も何人かは知っていても他の友人は知らない子が多い。

そして、現在は本を読む事も少しずつ減ってきている。

でも、僕は、本を読み読者が、どう考えるのか、どう頭の中で想像して物語を読み進めていくのかと、本を読み損をする事も無く知識を頭の中へと入れていく最大の良さであり、その作者・作家名なども、どんどんと名が知れていくだろうと思う。

なぜ、現在の人々が火野葦平を知らないのかは、その人物がもう居ないからや、本がどこにも置いていないからではなく、もし、本が置いていないならば探して本を読もうという、気が無いので、どんどんと名が薄れていっているのだろうと僕は思い、これからは、僕も、本を読み、火野葦平という人物が誰なのかを知らない人へと、この人物を広げられるように、時代や本と一緒に歩いていきたいと思う。（小学六年）

象徴天皇制システム（日本型立憲君主制）の原像——日本神話に見る天皇霊

火野葦平の戦争責任観シリーズ—8

田中　七四郎

Ⅰ　新刊『プロパガンダの文学—日中戦争下の表現者たち』、五味渕典嗣著

著者は、日中戦争当時の火野葦平など文学者たち（表現者）の作品、雑誌などを通して表現者たちの役割、歴史的意義を再評価している。作品は文学研究・批評における「テクスト」という方法的な概念を積極的に援用している。著者によればテクストとは、作者の意図や思考を表現した芸術的な著作という含意をもつ「作品」のことをさしており、（『プロパガンダの文学』）

テクストは、その語源とされる「織物」（texture）を参照しながら、しばしば「引用の織物」と称される。ある一つのテクストは、先行するさまざまな言説や同時代の語りとの交渉によって書かれ、読まれていくからだ。こうしたスタンスで考えることで、「作品」の言葉を支配し統御する主体としての「作者」の存在をカッコにくくり、書物という枠で閉じられた文字の連なりから、読者がどんな意味を生成させていくかに注目する道が開かれる。複数の他者の言葉を引用し、包摂し、改めて配置し直すことで作られた文章の中に、どのような論理やイメージの葛藤が潜在しているかを議論する可能性が開かれる。「作者」と呼ばれる資格を有する文学の専門家がしかるべき場所に発表した言説と、そうではない書き手が書きつけた言葉とを本質的に区別せず、同じ「テクスト」して扱う方法を手に入れることができる。（同 32P）

という問題意識から、著者は本書では、日中戦争の同時代に中国の戦場や戦地を描いた散文のテクスト一般を「戦記テクスト」として名付けている。

プロパガンダとしての『麦と兵隊』

著者は『麦と兵隊』（火野葦平、1906～1960）については、典型的な戦記テクストとして位置づけている。日中戦争は大日本帝国にとってはじめて経験する総力戦、思想戦、情報戦であった。著者は、

> 火野（葦平）は、中国の戦線の現地（日本）軍が新しい情報宣伝戦略を模索する中で報道班となり、まさにその新たな戦略を体現すべく実地に養成《ママ》された、すぐれて有能なエージェントに他ならなかった。（同79P）

と断じている。そして作品が、当時の検閲当局や日本軍の立場に十分応えた作品となって居り、〈『生きてゐる兵隊』（石川達三）事件以後の戦記テクストの表現に、一定の規準を示すことになった〉（同84P）。

更に、〈文学はその点で情報戦の有用なツールであり、同じことは、おそらく他の芸術についても言えるはずである〉と洞察している。

日本軍（国）は文学を総力戦、情報戦の有益なツールに成り得ると考え、小林秀雄や従軍ペン部隊などを企画、派遣するなどして積極的なプロパガンダを試みたが、結果的には満洲・日支事変（当時）の目的の曖昧さ、何処まで続くかわからない泥沼的戦場、見えない敵の顔など、国民に見ざる・聞かざる・言わざるの立場にして、国論を一つにするプロパガンダにはなり得なかった。しかし、応召・派遣された表現者たちは、プロパガンダとは関係なく戦場で感じた体験を基に厳しい検閲条件の下、各種メディアを通じてギリギリの表現をしていることがわかる。それぞれの表現者たちの微妙で揺れ動く人間性が感じられる。火野葦平ら当時の表現者たちを新しい視点から見直している。

Ⅱ　「天皇霊」について

「天皇家の祖霊」＝「国家神」の創造

前回では英国の立憲君主制のモデルとしてウォルター・バジョットの『英国憲政論』（1867）について触れ、日本の天皇制システムについては「天皇霊」についてわずかに触れた。今回は「天皇霊」についていま少し掘り下げて検討してみたい。

天皇霊とは、折口信夫（民俗学者、1887-1953）が唱えた興味深い説の一つである。狭義には天皇家の祖霊である。かつて「大王」から「天皇」への移行を完全なものにするためにさまざまな試みが為された。その一つが天皇家の祖霊を日本国家（イエ）の祖霊と成すべく、歴史の再編が行われた。天皇家の祖霊を「日の光の神＝アマテラス（オオ

ミカミ)」とし、これを天上の最高神とした。天皇家の将来にわたる持続可能性を揺るぎないものにするための壮大なプロジェクトXであった。歴史は為政者(勝ち組)によって再編される(書き換えられない過去はない。寺山修司、1935～1983)。

「アマテラス」は、『日本書紀』による神話では、イザナギとイザナミが最後に生んだ4人の子どもたちの一人で、ツクヨミ、ヒルコ、スサノヲとい3人の弟神に先立って誕生されたとされている。イザナギとイザナミは太古に天から降りてきて地上で最初の夫婦になり、「大八州(オオヤシマ)」と呼ばれる、日本となる島を産み、その後に続いていろいろな神々を産んだとされている男神と女神である。

「アマテラス」は、女神で、生まれ出るとすぐに、麗しい光輝を燦然と放って、世界を明るく照らした。両親の神は、世にも不思議な霊感をもった神が生まれたことを大喜びして、天上界を授けて「天照大御神(アマテラスオオミカミ)」として、治めさせたという。

一方、『古事記』による神話では、「アマテラス」は、イザナミからではなく、父神のイザナギの左の眼から生まれたことになっている。どちらの日本神話でも、天上界にある高天原の「八百万(やほろず)」の神々を統治しているのは女神「アマテラス」とされているところは変わりがない。

「元始、女性は実に太陽だった」(平塚らいてう、1886～1971)

世界には、天上に神々の世界があって、そこに神の王がいることになっている神話は各所(処)にある。そのような神話を宗教学者たちは「王権神話」と呼んでいる。世界の「王権神話」の主役であるたとえばギリシャ神話のゼウスをはじめとして、中国の天帝、古代エジプト神話の太陽神レーなどは例外なく男性神である。ところが日本神話の神は太陽の女神アマテラスである。世界の神話の男性神では、自分に敵対するものには決して反抗を許さない徹底した峻厳な過酷さが見て取られるが、日本神話のアマテラス大御神においては寛仁で慈悲深さ、優しさが見られるのが特徴である。

この違いはどこから来ているのか、そしてこの違いがこれからの世界にどのような影響を与えうるのだろうか。

アマテラスの慈悲深さは、『日本書紀』によれば、他の弟神ツクヨミ、スサノヲからどんなひどいことをされても罰せず許してやろうとすることからも物語られている。一方でアマテラスは殺害だけはどうしても許すことができない性質を持っており、どうしても殺害が犯された場合にも、けっして自分で手を下したり、あるいは他者へを命令して、その行為を働いた者を積極的に罰することはしていない。

弟神たちが他の神々を殺害したときも非暴力を貫き、他の神話の神々の王である男神たちの無慈悲な峻別さとはまったく正反対と言ってもよいほど際だっていた。

日本は前の昭和の戦争の敗戦により、天皇の戦争責任をめぐって訴追や天皇制の廃止までが俎上に上がったといわれる。結果的には連合国総司令部（ＧＨＱ）による占領体制の下で「象徴天皇制」という非政治的な仕組みに改めてこれを存続させた。その陰で大きな役割を果たしたといわれるのが、ダグラス・マッカーサー（連合国総司令官）の軍事秘書官ボナー・フェラーズ（1896～1973）准将である。彼は終戦の年の秋（10月2日）に、マッカーサーにあてて、「フェラーズ覚書」を提出した。〈「……キリスト教徒とは異なり、日本国民は、魂を通わせる神をもっていない。彼らの天皇は、祖先の美徳を伝える民族の生ける象徴である。」〉（岡田良之助訳）（『日本的なものとは何か』、柴崎信三）

また、丸山眞男（政治学者、1914～1996）が定義したといわれる「同心円の構造」では、〈「天皇を中心とし、それからさまざまな距離に於いて万民が翼賛する」、天皇制の「同心円の構造」は、戦後の〈象徴〉への移行で大きく変容したが、文化の中心としての〈天皇〉の存在は、21世紀の現在にいたっても日本社会をつなぐ心理的な〈絆〉の重みを保ち続けているようである。〉（同）と、述言している。奇しくも、西洋（ボナー・フェラーズ）と東洋（丸山眞男）と文化の異なる二人が、天皇（家）を歴史の観点から捉えているところが興味深い。

「天皇霊」――責務感と寛容さの象徴

天皇霊は稲の霊でもある。天皇に即位するものに宿る。返していえば、天皇になるにはその霊を宿さねばならない。そしてそれを宿す儀式が即位後の秋に行われる「新嘗祭（にいなめさい）」である。新嘗祭については、

新嘗祭は、穀物の収穫を終えた秋の夜に行われる。新嘗祭では、皇居の神嘉殿の暗がりの中で、天皇と神々が一緒に食事をする「直会（なおらい）」と呼ばれる、幽玄の儀式が執り行われる。新天皇誕生後の最初の祭りは大嘗祭という名称に変わる。つまり、新天皇が神々と一緒に食を共にすることによって、初めて皇位が認められるのである。このように見ていくと、見えざる存在を肌身で感じ、畏れ、敬ってきたＤＮＡが、我々日本人の中に組み込まれていると感じる。（『「霊魂」を探して』、鵜飼秀徳）

筆者は以前、「今上天皇（陛下）のお気持ち（ビデオメッセージ）に想う」（火野葦平の戦争責任観シリーズ―6、『あしへい19』、平成28年）において、天皇制システムをして一、〇〇〇年超を持続可能にしている源泉は、天皇家（皇室）に伝わる責務感と寛容さではなかろうか、と畏れ多くも推論申しあげたが、このようなDNAを引く日本人にとって、象徴天皇制システム（日本型立憲君主制）は今後どのような方向へ行くのだろうか、日本型立憲君主制は維持されるのか、また維持することができるのか、新しい元号の下で生きんとする日本人が問われている。

『立憲君主制の現在』（君塚直隆）によると、1945年7月にイギリス外相アーネスト・ベヴィンがアメリカ海軍長官ジェームズ・フォレスタルに次のように語ったという。

先の世界大戦（第1次大戦）後に、ドイツ皇帝（カイザー）の体制を崩壊させなかったほうが、われわれにとってはよかったと思う。ドイツ人を立憲君主制の方向に指導したほうがずっとよかったのだ。彼らから象徴（シンボル）を奪い去ってしまったがために、ヒトラーのような男をのさばらせる心理的門戸を開いてしまったのであるから。

歴史にifはないといわれるが、これからの象徴天皇制を考えるにあたっては、敗戦後の昭和天皇の全国巡幸行脚、今上天皇の戦跡慰霊・追悼の旅、それに続く日本人の新しい旅の創造を考えることでもある。国民一人ひとりが努力して、平成後の新しい時代の日本を考える機会である。皇室（天皇家）および日本人の戦争責任問題などについて、引き続きタブーに挑み研究していくようすがにしたい。声高でなくしっかりと考えて表現していく。「悠々として急げ」、残された時間的余裕は余りない。

参考文献：
『プロパガンダの文学――日中戦争下の表現者たち』、五味渕典嗣、共和国、2018/05/25、¥4,200
『日本的なとは何か』、柴崎信三、筑摩選書、2015/08/15、¥1,600
『「霊魂」を探して』、鵜飼秀徳、角川書店、2018/02/22、¥1,600
『立憲君主制の現在』、君塚直隆、新潮選書、2018/02、¥1,512

天皇皇后両陛下には和服お召しの退位の日　烏有

『青春と泥濘』――続・河伯洞余滴 (14)

玉井　史太郎

ここに一冊の新刊書がある。

作者から連絡があったのであろう「謹呈　本の泉社」とある。

『白球は残った。』―福岡県立小倉高校野球部断章―著者は「廣畑成志《せいじ》」である。

同書の最後のページに「著者略歴」がある。

「1944年生まれ、福岡県出身、県立小倉高校卒業。東京教育大（体育社会学）、日本体育大学大学院修士課程修了（体育学、オリンピック研究）。日本体育連盟全国役員、一橋大学・中央大学講師などを経て、日本共産党のスポーツ政策部門に専任。現在、「安保法制廃止をめざすスポーツと体育の会」事務局長。著書に『シリーズ　過去の戦争とスポーツ―その痛恨の歴史』1～3（本の泉社）、『コンセプトはアスリート・ファースト』（同）、『終戦のラストゲーム―戦時下のプロ野球を追って』（同）、『スポーツってなんだ』（青木書店）など。」

その廣畑さんが、ここ河伯洞に来館あったのは、二〇一七年八月六日のことであった。

葦平が小倉高校の前身、小倉中学に通い、野球部で活躍したことを知った廣畑さんが、小倉で足立小学校の同窓会があり、それに出席した機会に、調査のため訪れたのだった。

その訪問の顛末については、「あしへい」二十号に廣畑さんにご寄稿いただいた「『火野葦平と野球』を追って」に詳しい。

廣畑さんは略歴にあるように日本共産党中央でスポーツ関係の仕事をされた方で、党の副委員長・市田忠義氏とも親しいらしく、葦平のことなど、市田氏にも話すと語っていた。市田氏も野球をやっていたという。

今年の三月七日、思いがけない電話があった。「季論21」の編集委員の新船海三郎《しんふねかいさぶろう》さんからだった。

「季論21」は「赤旗」で広告の載っているのを見ただけで、手にとって見たことがなかった。「新船」さんの名は、文芸評論家として知っていた。

その新船さんが、葦平の『インパール作戦従軍記』について、インタヴューしたいということだった。

二〇一七年十二月に「集英社」が、葦平のインパール作戦での従軍手帖六冊を残しているのを、NHKディレクターの渡辺考さんが翻刻、解説を渡辺さんと、関西大学の増田周子さんが書いている。

集英社の編集者、忍穂井《おしほい》純二さんから電話があり、この本に使用する葦平のインパールでの写真提供の要望があった。

かねがね疑問に思っていたのだが、あの写真好きの葦平には珍しく、インパール作戦従軍に関して、たった一枚の写真しか残していない。それも同行の向井潤吉画伯の撮影した「ライナマイ」でのものだけである。

ともかく、その実情を報告し、その写真を送った。それが表紙に使用されている。

後に忍穂井さんからの要請で、その本の「あとがき」五枚ほどの原稿依頼があった。

意外な要請に驚きながらも、それを送った。その「あとがき」を再録する。

あとがき―『青春と泥濘』のこと―

父・葦平のインパール作戦「従軍手帖」が、みなさんの努力で翻刻され出版されることとなった。ありがたいことである。深くお礼を宣べたい。

この作戦に従軍した経験を、敗戦直後に、葦平が渾身の力を込めて書き綴ったのが『青春と泥濘』である。この作品は、私の最も好きな葦平作品で、葦平を論じる時は、この作品を読んでからにしてくれと常づね思っている。

葦平の住んだ「河伯洞」が、北九州市の指定文化財となり、一九九九（平成一一）年一月二四日、葦平の命日に一般公開され、私はその管理人として勤務するようになった。ほどなく、残された葦平資料の中から、『土と兵隊』の戦後出版のため、戦争中には軍の検閲で書けなかった部分を補筆した原稿を発見、それが全国紙で報道された。

その記事を見た、東京の中馬辰猪《ちゅうまたつい》さんからご連絡をいただいた。中馬さんは、戦後、自民党内閣で建設大臣など務められた鹿児島選出の衆議院議員だった方である。その中馬さんが、戦争中はビルマ方面軍第三三師団の主計大尉としてインパール作戦に従軍、最前線で従軍作家として訪ねてきた葦平と語り合ったという。中馬さんは、旧制七高（現鹿児島大）の出身だが、米軍の空襲による火災で母校の図書が焼失することを心配するのを、葦平が帰国後に予防措置をとらせると約束し、図書の一部は焼失からまぬがれたという。若松出身で旧制七高から東大へ進学した俳優の天本英世さんに、中馬さんのことを話すと、よく知っていると懐しがられた。

何年かのち、思いがけなく、葦平が『青春と泥濘』の中に「島田参謀」と名を変えて登場させている「三橋《みつはし》参謀」の御遺族が、河伯洞を訪ねてきた。作中で「稚児参謀」と書かれているのが、三橋泰夫氏で、葦平が同行の向井潤吉画伯とわかれ、一人で原隊の一一四連隊を雲南に訪ねた時、語り合った参謀である。この三橋さんのことを、『菊と龍』という作品のなかで大きく触れているのが、作者の相良《さがら》俊輔氏である。その相良氏の本のあとがきの一文を紹介する。

三橋参謀の実兄である三橋一夫氏は、作家というより武術家として有名である。三橋氏と親しかった私は、氏を通じて三人で、一夜、酒を酌んだことがある。そのとき、三橋元参謀は冗談めかしにこういった。

「――火野君と一緒に寝起きしながら、前線から後退をつづけたが、そのあいだ、彼はじつに丹念にメモをとっていた。もしも、生きて日本へ帰ったら、おれは必ず『菊』と『龍』を書くって――ところが酒ばかり飲んでちっとも書かず、とうとう死んじまいやがった。あの部厚いメモはどうなったのか、惜しいことをしたが、相良さん、あんた、火野さんのかわりに書いてくれませんかね」

昭和四十三年頃のことである。

三橋元参謀も、作者の相良氏も、葦平が鎮魂の思いで書き上げた『青春と泥濘』の存在を知らずにいたことが記されている。三橋氏が知らなかったように、その御遺族もまた、葦平が書き残した作品のあることを知らずに河伯洞を訪ねたのだった。

葦平は、戦争中に活躍した作家ということで、戦後は大きな会社では発表の場が与えられなかった。この作品も、六興出版社が発行する「風雪」という雑誌を中心に、小雑誌に切れぎれに発表して完結させている。戦争中に国民的作家として高名になり、戦後、公職追放という処分を受けたため、火野葦平という作家が、大きく誤解されることとなったのではなかったろうか。

戦後民主主義が喧伝され、戦争中のもの一切が否定される風潮のなかで、葦平の作品も、葦平の存在すらも無視されるという、そのひとつの証明が、三橋氏や相良氏の言葉に示されている。

河伯洞を訪問された三橋元参謀の娘さんの土田とよのさんも、葦平の『青春と泥濘』を知ることとなり「葦平と河伯洞の会」に入会いただいたひとりだ。

その後二〇一二（平成二四）年、病いを得たお姉さんと二人で、父親たちが苦闘をした軍事政権の余燼冷めやらぬ「ビルマ」の戦跡をたずねる旅も実現させている。

葦平は、『火野葦平選集』第四巻の「解説」に次のように書いている。

「……ともかく、インパール作戦従軍の体験をこういう形で活《い》かし、戦争中に書いたようなルポルタージュ作品でなく、いくらかまともな小説になし得たことは、私の勉強になつた。戦場で生死をともにした兵隊たちに対しても、多少の責任と使命を果たし得た気持もある。（中略）私は最後の行を書き終つたとき、いろいろな感慨が殺到して来て胸が熱くなり、いつか、涙をながしていた。」

このところ、戦後生まれの人たちが一線で活躍するようになるなかで、葦平再評価のきざしが見えるようになったことを秘かに喜んでいる。今回の出版も、そのひとつとして感謝している。

二〇一七年一〇月七日

新船さんが、葦平のこの本を読み、「季論21」誌に紹介したいと、四月十九日、私にインタヴューするため、河伯洞をお訪ねいただいた。新船さんは、書かれているものなどから想像していた姿とはまるで異なり、好好爺然とした小柄な紳士だった。

廣畑成志さんの「あしへい」二十号の文章を読んだという。廣畑さんからの要望で、同号を十冊お贈りしていた。その中の一冊を新船さんが手にしたのかと思いたずねたら、「あしへい」誌をどこかで購入し読んだという。東京にあって、「あしへい」誌が、どこかで購入できることに驚いた。

ともあれ、その廣畑さんの文章のなかに次のようなことが書かれている。

〈父は従軍作家ということで、戦後に文壇から「戦犯1号」と断罪されました。しかし、『麦と兵隊』などを読むと、葦平は戦争や軍隊賛歌ではなく、その目線は兵隊のリアルな生活に向けられていた。最後にインパール作戦にやらされたのも、軍部の懲罰的な意図があったように思う。〉

これを読んだ新船さんが、思いかけなかった、「季論21」夏号に、私の父・葦平のインパール作戦従軍に関わるインタヴューを企画されたようである。

これまでに受けたこともないインタヴューにとまどいながら、新船さんがテープに録音しながら質問することばに答えて、ともかく、それを終えた。

質問から、葦平のインパール作戦従軍が、懲罰召集ではなかったか、という意が充分に伝わらなかったことを思い、「中津隊」という、その葦平のインパール召集を正面から論じた文章があり、それを収録した著書『河伯洞往来』を、インタヴューの後日、新船さんへ送って読んでもらうよう要望した。

五月十八日、インタヴューを文章化した新船さんの原稿がとどいた。「河伯洞だより」八月号より引用する。

「五月十八日、新船さんがインタヴューを文章化した原稿の送付があった。この文書は、『河伯洞往来』の「中津隊」以外の文章も読んでいただいたらしく、インタビューに語られなかったことまで書いてあり驚いた。ともあれ、これは新船さんの作品とも言える文章だが、いくつか手を入れて返送した。返送した改訂稿がまた送られてきて恐縮した。

それが「季論21」夏号に掲載された。」

「父・火野葦平と戦争と平和と」と題した一文であるが、同じ「本の泉社」から、葦平の『青春と泥濘』が八月五日付で刊行され、その最後には、その一文が再録されている。

これまで、さまざまなかたちで、火野葦平についての誤解を解きたいと努力を重ねてきたが、そんな願いが、思いがけなく適えられるような、ささやかな喜びがあった。

そんなときに、『河伯洞往来』を電子書籍にしないかとの連絡があり驚いた。

何年か以前、どこで見つけたのか、私の短歌をわざとらしくほめそやし、「サンケイ新聞」に掲載するといい、七万円出さないかと電話があった。「サンケイ」はきらいな新聞でもあり、金取り主義も鼻について、ただちに断ったことがあった。それに関連して思い出すのは、第十回自分史文学賞にきまった『河伯洞余滴』の書評を、創価学会からの電話で「聖教新聞」に掲載しないかという要請のあったことである。創価学会もきらいで、その要請もただちに断った。それを、亡くなった松岡昭彦さんに話したら、こっぴどくおこられ、「聖教新聞」で紹介されたら、読者が急増し、いい宣伝になるのだったのにとひどく残念がられた。私は、そんな読者など不用と別に後悔もしなかった。

しかし、今度の『河伯洞往来』の電子書籍化の要請は、これまでとはいささか異なり、葦平のことで少しでも宣伝になればと、その要請を受けることにした。

八十一歳という、もう将来を期待できない年齢も考えたのかも知れない。

『河伯洞往来』も、新船さんに送ったものが伝わったものと思いたずねると、国会図書館で見つけたとのことだった。不思議なめぐりあわせを感じてしまう。

新船さんの話では、「季論21」の秋号には関西大学の増田周子教授の『青春と泥濘』に関する文章が掲載予定ということである。

（二〇一八・一〇・二〇）

中国への眼差し――戦後の火野葦平を視座に――

小島秋良

「火野葦平」の名前を聞いてまず思い浮かぶイメージは、「兵隊作家」としての存在ではないだろうか。そして生涯をかけて書き遺した数多くの作品の中でも、群を抜いて名が知られているのは「麦と兵隊」をはじめとする「兵隊三部作」であろう。かく言う私も初めて「火野葦平」を知ったのは、高校生の時文学史を学ぶ教材に、戦争文学の先駆けとなった人物として紹介されていたのを見たことがきっかけだった。

「麦と兵隊」が書かれた一九三八年当時、文芸評論での反応としては、「人間精神の驚嘆すべき可能性を証明してくれた」[1]「力作であるし、この事変によってもたらされた戦争文学の、第一の萌芽という意味でも、注目すべきもの」[2]など、今まさに起きている日中戦争（当時の呼称は「支那事変」）を作品として世に出したことを大いに称賛する様子がうかがえる。さらに「兵隊三部作」がベストセラーとなり、その国民に与えた影響力の大きさは、その後の「ペン部隊」の結成、戦地への派遣などの現象を見ても理解される。また近年において出版された図書に限っても、渡辺考『戦場で書く―火野葦平と従軍作家たち』（NHK出版、二〇一五）や松本和也『日中戦争開戦後の文学場―報告／芸術／戦場』（神奈川大学出版会、二〇一八）、五味渕典嗣『プロパガンダの文学―日中戦争下の表現者たち』（共和国、二〇一八）など戦時中の火野やその作品に関する研究がなされている。戦争と文学の関係を考えるうえで「火野葦平」とは、今日に至るまで取り上げるべき人物として注目されているのだ。

このような戦時中の火野をめぐる研究は言うまでもなく重要である。一方、「火野葦平」を語る際、「兵隊作家」や「戦争文学」の文脈において考えるものが多く、戦時中の人物というイメージにとどまっているようにも感じる。火野のはじめて活字になった作品「女賊の怨霊」（筆名・玉井勝則）[3]は、一七歳の時に描いたものであるし、敗戦後も亡くなる直前まで精力的に創作活動に取り組んでいる。決して「戦争作家」としてのみ活動したわけではないのだ。もちろん、これら戦時中以外の作品や戦争を題材としない作品を論じるものもあるが、やはり戦時中の活動を取り上げるものが圧倒的に多い。

私自身も戦争文学に興味を持ったことから火野について調べ始め、卒業論文は「火野葦平『麦と兵隊』論――作品受容と「支那人」描写の関係について――」という題目

で書いた。しかし、調査をするなかで実は火野が中国に赴いたことは、戦時中のみではなく戦後にもあり、さらに、その時の経験を基に「赤い国の旅人」をはじめとする作品や雑誌記事も書いていることが分かった。火野と中国との関わりは、戦後も続いているのだ。

現在私は大学院の博士前期課程に所属しており、そこで研究テーマとして敗戦後の火野葦平、特に中国との関係について着目し、戦時中という枠組み内だけでは完結されない「火野葦平」の研究に取り組みたいと考えている。以下に、簡単に火野と中国との関わりを述べる。

火野が戦後中国を訪れたのは、一九五五年四月である。中国との正式な国交を回復する以前に訪中が実現したのは、同年インドで開催された「アジア諸国会議」に日本代表団の一員として参加した際、中国側からの招待を受けたからであった。この「アジア諸国会議」と火野の関係については、増田周子『一九五五年「アジア諸国会議」とその周辺――火野葦平インド紀行――』(関西大学東西学術研究所、二〇一四)に詳しい。

次に、火野が訪中した一九五五年の日中関係の状況を述べたい。中国では一九五三年頃から日本の経済、文化、平和団体との「民間外交」を推進し始める。[4]これは「「アメリカ帝国主義」と結び付く日本の「反動政府」に抵抗する「日本人民」を増やし、日本の対中友好団体などを通じ、彼らと友好的な関係を築いて勢力を拡大する」[5]という理由であった。日本人の訪中状況として『新中国年鑑　一九七〇年版』[6]によると、火野が訪中した一九五五年の団体数は五二、個人数は八四七となっている。[7]これは前年の団体数二一、個人数一九二と比べても大幅に増加していることがわかる。翌年の一九五六年には団体数一〇八、個人数一二四三とさらに増加していることから、火野の訪中した一九五五年は訪中者が増加する先駆けとなった時期と言えよう。この一九五五年は火野以外にも訪中した人物による紀行文や報告文が新聞や雑誌に掲載されるようになった年でもあった。

しかし、この「民間外交」は長くは続かず、一九五八年長崎の「中国切手・剪紙・錦織展示会」会場で、日本人青年が中国国旗を引き下ろした長崎国旗事件以後急速に沈滞していった。[8]火野が一九五五年に再び訪中することを実現し得たことは、貴重な体験であったと言えよう。さらに火野はその時の体験を戦時中軍の一員として中国にいた自身から目をそらさず、新中国に向き合う作品「赤い国の旅人」に残している。

> 私はかたよらぬ眼と心とで、すなおに新しい中国の姿を見たいと考えた。(中略)私は私の立場とこれまでのありかたとを十分反省して、できるだけ控え目に、出しゃばらないように小さくなって、ただ新中国の実態をつかみたいと意図したのであった。[9]

これは「赤い国の旅人」本文からの引用であるが、火野は戦時中の体験に蓋をし、また無かったこととして扱うのではなく、それを踏まえて「今」の中国と向き合おうとしたのだ。「ペン部隊」として中国に派遣され、日中戦争を題材に作品を書いた作家たちの多くは、敗戦後再び中国を舞台とする作品を書くことはなかった。この点からも戦争に関わった人物として中国を考え続け、作品というかたちで世に出した火野の存在は非常に稀有であると考える。

そこで私は、「赤い国の旅人」をはじめとする火野が中国を題材に描いた戦後の作品や雑誌記事を当時の中国認識を考える言説の一つとして取り上げ、同時代の文脈における位置づけを明らかにしたいと考えている。中国に関する火野の作品を五〇年代の言説の一つとしてとらえ着目することは、単なる「火野葦平」という作家の再評価にとどまるだけではなく、敗戦後の日中関係を考えるうえでも重要なのではないだろうか。

例えば「赤い国の旅人」の登場人物の一人「常久さん」は、戦時中華北鉄道に勤める技師でいばっていたとうわさされるが、本人は訪中が初めてであるかのように振る舞い、「私（火野）」を「戦犯呼ばわり」する。新中国を手放しに褒めたたえる「常久さん」に対し、「私」はそのように単純に称賛することには疑問を抱く。作品に描かれる訪中団の団員一つとっても、戦時中の自身と中国との関わりへの向き合い方や、「新中国」に対する考え方には多様性が見られるのだ。このような「新中国」をめぐる言説を同時代の他の言説も参照にしつつ、考察することができるのではないだろうか。

戦時中／戦後で途切れるわけではない、中国の見方というものを火野を軸に研究していきたい。

注

（1）伊吹武彦「文藝時評（二）」『東京日日新聞』夕刊、一九三八年八月三日。
（2）北岡史郎「八月の創作」『若草』十四巻九号、一九三八年九月。
（3）鶴島正男「新編火野葦平年譜」『敍説』十三号、一九九六年八月参照。
（4）毛里和子『日中関係史　戦後から新時代へ』岩波書店、二〇〇六年。
（5）国分良成他『日中関係史』有斐閣、二〇一三年。
（6）中国研究所編『新中国年鑑　一九七〇年版』大修館書店、一九七〇年（資料「5．日中両国人民の往来数」参照）。
（7）ただし（注）として、「団体数は個人訪問を含めているので、正確とはいいがたい。（中略）訪中者の中には、直接日本からでなく他国からまわったものも含めてはいるが、おちているものもある。個人訪問もふえているため、厳密な確定数字はつかめない。」となっており、あくまでも目安として考える。
（8）楊大慶（江藤名保子訳）「一九五〇年代における戦争記憶と浅い和解――元軍人の訪中団を中心に」（劉傑、川島真編『対立と共存の歴史認識――日中関係一五〇年』東京大学出版会、二〇一三年）。
（9）火野葦平『赤い国の旅人』朝日新聞社、一九五五年、九六頁。

かっぱと三味線

小林修典

I　なに哀しむや川太郎

虫干しもかねて、葦平の河童の軸を掛けてみた。河童も新鮮な風に当たりたかろう。

小雨ふる宵春の宵
なに哀しむや川太郎
ひとり音〆の爪びきに
ふるえて青し絲柳

絵は墨一色で、柳の下で酒と肴を前に、うつむきがちに三味線を抱え、ひとり座る河童の姿。とがった口を軽くあけ、河童なりの愁い顔か。肌は薄墨をたっぷりと含むものの、その輪郭、また、背景に垂れ下がる柳の枝や、軽い筆運びの文字はかすれを見せ、詩・書・画の一体となった一幅である。

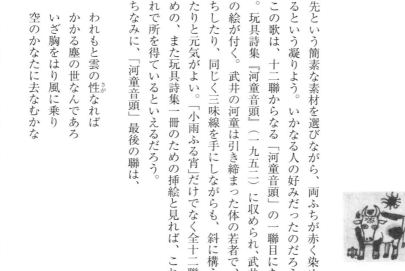

紙面は色紙よりやや小さく、軸もまた、柱を狭くとって小振りに仕立ててある。ねずみ色の揉紙に、濃茶の木製の軸先という簡素な素材を選びながら、両ふちが赤く染めてあるという凝りよう。いかなる人の好みだったのだろう。

この歌は、十二聯からなる「河童音頭」の一聯目にあたる。玩具詩集『河童音頭』（一九五二）に収められ、武井武雄の絵が付く。武井の河童は引き締まった体の若者で、逆立ちしたり、同じく三味線を手にしながらも、斜に構えてみたりと元気がよい。「小雨ふる宵」だけでなく全十二聯のための、また玩具詩集一冊のための挿絵と見れば、これはこれで所を得ているといえるだろう。

ちなみに、「河童音頭」最後の聯は、

われもと雲の性《さが》なれば
かかる塵の世なんであろ
いざ胸をはり風に乗り
空のかなたに去なむかな

この歌も葦平は、龍の絵といっしょに、よく色紙等に書いていた。

ところで、川太郎というと、『新遊侠伝』（一九五〇・一九五三）のお仙の店が思い浮ぶ。第五話「松竹梅」に「小雨ふる宵」が載っている。お仙のおでん屋「川太郎」の暖簾にはこの歌が染め抜いてあるが、お仙のために作中人物でもある「葦平さん」が歌を作り、字も書いてやったのだという。

連作小説集『新遊侠伝』は若松を舞台に、のっぽの加助と、太っちょの留吉という二人のばくち打ちと、彼らが慕うお仙の繰り広げる騒動の数々を集めたものである。とぼけた若者二人は仲良しで、お仙をめぐるライバルでもあった。お仙は気がよく、落ちてから穴を知るタイプである。毎回事件が起こるが、どれも「めでたし、めでたし」で終っている。

「松竹梅」では、お仙が元の亭主、板前の宗吉と復縁する。宗吉は、加助と留吉の親分、岡源の身内であり、岡源は宗吉とお仙をもう一度いっしょにさせて、立派な店を持たせてやろうとしたのである。加助と留吉は親分に言い含められ、無理にお仙を思い切ろうとする。お仙も、二人の気持ちがわかっていて割り切れない。別れのつもりで店に来た二人を前に、「小雨ふる宵」を爪弾きするのだった。（今後はもう浮気はできないからと、一人ずつ連れて二階に上がり、また降りてきてからのことである。）お仙は沈んだ声で唄い、男たちも「馬鹿にしんみりしたのう」と反応していた。三人それぞれの思いがあったろう。

後日、加助と留吉は、お仙と宗吉の夫婦喧嘩を立ち聞きする。お仙が言うには、よりを戻すつもりはなかったのだが、加助さんと留吉さんが自分を争うようになるのが心苦しく、あきらめさせるためにしたことだった。これに二人は肩を組んで大うかれする。かくして、この話も「めでたし、めでたし。」

これら十話は一九四七年から雑誌に連載され、五十年十一月に中川一政の装幀でジープ社から出版された。（時代を感じさせる社名だが、講和条約発効前の短期間の経営というのも即きすぎている。）

扉の前に薄紙が一枚とじ込まれ、セピア色で「父の霊に捧ぐ」と一行入る。玉井金五郎が亡くなったのはこの年九月九日、七十歳だった。これについて葦平は「あとがき」で、この作品は「よかれ悪しかれ、父の面影がいろいろな形であらわれているし、父も私のかくもののなかで、もっともよろこんで読んでくれた」と述べている。

もちろん、金五郎は沖仲仕の労力請負業、玉井組の「親父」であり、加助や留吉のような渡世人、いわんやその世界の親分ではない。「やくざ仁義の達引がくりかえされ、喧嘩出入り、斬つた張つたが日常茶飯事であつた」北九州において、「一種の反逆児で、いたずらな仁義立てを避け、ただ仕事の方に力をうちこんだ。そして、強気を助け弱気をくじく者の多いなかで、つねに弱気を助けて、強きにあたつたので、一生、損をした」という。「正しい者は最後には勝つ」が信条だった。

葦平は作品中、やくざの世界に手厳しい。例えば「松竹梅」では、岡源の風貌に対して「人間の精神史の正道へ出される顔ではない」と容赦がなく、また、彼が加助たちに、お仙の再婚を認めるよう説得する際に持ち出す「顔」も、その社会の封建的な掟だと批判している。

この作品が「やくざ道」を是とするためのものでないことは「あとがき」でも明らかにされている。そこには火野葦平という作家を理解するうえで見逃せないものがある。

> 私は作家の運命を大仰には考えないが、育つた環境とはまつたく逆の方向に、バーバリズムとヴァンダリズムとが、なによりもきらいになつたことは，やくざの垢によごれなかつた父の正義感と、話し好き、座談の妙手であつた父のロマンチシズムを、やはり私が受け継いだものであろうと、このごろ考えている。暴力とボスとやくざとが否定されねばならぬことはいうまでもないとしても、私は父を愛し、父を追慕する心で、故郷である若松港のとぼけた遊侠たち、或る庶民の姿というものを、一挙に抹殺し去ることができない。私はいたずらに義理人情におぼれることをなにより警戒しているけれども、私の育つた世界から、人間にとつて大切ななにかを付与されていることも、疑わないのである。私がこれまで書いてきた、そして、ここに集められた、いくつかの物語は、そういう私の庶民への愛の端的なあらわれであつて、これを封建的なやくざ道の是認のようにとられることは、うれしくない。新という字に、私のふくみがあるのである。とぼけた明るさ、滑稽な失敗、底知れぬお人よしを発揮する三人の主人公の面白さを、やはり人間の或るかなしさのにじみ出たものとして、うけとつて読んでもらえばありがたいと思う。

港町若松の気取りのない庶民、加助と留吉を登場させ、その情に厚く義理堅い、まっすぐでイキのいい姿を描こうとしたのである。「父の面影」は、失敗や後悔も含めて、そうした愛すべき側面に書き込まれているのだろう。

彼らは遊侠の徒、遊び人であるから、社会の制約から自由に生きている。思うがままに行動し、思いがけない事件に巻き込まれ、話をおもしろくしていく。しかし、本来、自由であるはずの身がやくざの決まり事に縛られて、型にはまっていくような様子を見せ始めると、葦平の筆はとたんに厳しくなる。

なお、「あとがき」の日付は十月十七日で、「この月の十三日に、追放解除のよろこびに接した。その時、まつさきに父の顔が浮かび、もう一カ月生きていてくれたらと、不覚の涙が出た」と打ち明ける。

Ⅱ　どてら婆に負けはせぬ

お仙、加助、留吉は二十代の若者ということだから、昭和初めの生まれの筈。今も元気でいるかもしれない。そんなことが頭をよぎったことがある。もちろん、実在の人物と仮定してのことだが。

何年も前、七月のある日、若松を訪ねた折、市民会館で五平太ばやしの競演会が行われていた。照明を落とした客席に座っていると、ふと、彼らもここにいて、幕間、昔話に花をさかせたり、五平太ばやしを作った葦平さんの思い出話にふけっていはしないか、という気になった、おそらく三人とも独り身だろう……。

ハアー　わたしゃ若松　みなとの育ち
黒いダイヤに　命を懸ける
わたしゃ若松　五平太育ち

子供達も大勢出演していた。歌い継がれることで、葦平の、川舟での石炭輸送の歴史や、それを担ってきた人々に寄せる思いが、ここ若松に生き続けていると実感した。

葦平は石炭の採掘、運搬、積み出しや、それにかかわる人々について書き続けた。まだ手に入れてないが、玉井勝則名での『若松港湾小史』（一九二九）もある。小説では、戦前は『五平太船』（一九四一）の表題作、戦後は『花と龍』（一九五四）『燃える河』（一九五四）などが挙げられる。

ここで『燃える河』を手に取ってみよう。明治の半ば、石炭輸送が川舟から鉄道へと変わろうとする時代の物語である。

この小説は福岡の新聞に連載されたのち、一九五四年に山田書店から、五八年には小壺天書房から出版されている。目次は別として、本文の活字組みは全く同じで、同一の紙型が使われているらしい。それを不思議に思っていたが、あらためて奥付を見てみると、どちらの出版社も山田静郎が経営していたことがわかり、なるほどと納得した。

山田は早稲田の出身で、戦後、葦平も作品を寄せた『新小説』や『小説朝日』の編集者を経て、いくつかの出版社を経営した。『燃える河』のほかに葦平の本を多く手掛けている。なかでも、『琉球舞姫』（一九五四）と『ちぎられた縄』（一九五七）の沖縄を扱った一連の作品はのちに『選集』に収録されており、葦平には思い入れのあるものだったろう。また、十話から十五話に増えた『新遊侠伝』を定本として、五三年に小説朝日社から出したのも山田だった。

中山省三郎を通じて葦平に会ったと、山田は『九州文学』（一三八号、一九六〇年）の葦平への追悼文で語っていた。後に、東京出版センターという出版社を興すことになるが、省三郎の遺稿『澳門記』（一九六七）の出版を引き受けているのも、古くからの縁によるのだろう。

さて、今ここにある『燃える河』の小壺天からの再刊本には、葦平の面白い書き入れがある。表見返しにペン字で

燃える河こそ遠賀川
川筋気質の女伊達
どてら婆に負けはせぬ
神徳丸のおりゆうさん

このあとに本を贈った相手の名と葦平の署名が入る。

「おりゅうさん」は『燃える河』の女主人公「リュウ」である。芦屋有数の船問屋神徳丸の徳田家の娘。歳は十九、あどけなさの中に利かん気を蔵し、神徳丸の「火の玉娘」と呼ばれていた。まさに「川筋気質の女伊達」。兄が放蕩して家を出て、リュウが婿を取るようになっている。女方役者の瀬川梅枝と将来を誓うが役者との結婚は難しく、さらに、婿入りを画策する直方の顔役、海野大作に追いかけられる。

大作は徳田から引き受けた石炭積み込みのごまかしがバレるのを恐れて、その徳田の船、神徳丸に火を放ったとみられている。顔に刀傷のある四十男で、梅枝に嫌がらせを繰り返す。

ある日、リュウは、見学に入った大ノ浦の炭鉱で落盤に遭い、その際、信頼していた案内役の姉婿に貞操を汚されてしまう。事件は人に知られることはなかったものの、リュウはしばらくの間、呆けたようになった。その後も、落盤のショックで発狂したかのように装い続けるが、従来の判断力、決断力は保っていた。兄が近くに戻ってきていると知り、北九州各地を探して廻る。跡とりが見つかれば、梅枝と結ばれ得るからである。

徳田家に贔屓にされてきた船宿「ろ万」の倅、川舟を操る万吉は、リュウに憧れていた。善人ではあるが愚直で、リュウの気を惹くような男ではなかった。それに、身分違いで、かなわぬ片思いだった。それでもリュウには献身的に仕える。

そのうちに、梅枝は一座の三味線弾きと夫婦約束をし、リュウを裏切った。さらにもう一人、徳田家へ婿入りを狙うハイカラ気どりのペテン師も登場してくる。

最後の舞台は二日市の武蔵温泉で、万吉は、結婚を迫る大作からリュウを救おうとして、もみ合いになり、大作の携えていた小刀で相手を刺してしまう。梅枝も含め、自分を取り巻く男たちに失望したリュウは、男を見る目を養っていた。万吉を真の男とみて、いっしょに逃げようと誘う。ここで、この小説は幕を閉じる。

万吉は、喧嘩は強くないが、出たとこ勝負という気風があり、リュウを一途に崇める意気込みからしても、これもまた川筋流といえようか。

長編だけあって、川舟の運行や、炭坑内の作業などが詳しく語られている。葦平はこれらも記録、紹介しておきたいと思ったのだろう。

この小説はその後、「火のおんな」という短編に仕立てられ、作品集『女』（一九五八）に収められた。結末が大きく異なっているが、二作品の関係について玉井史太郎さんに教えていただいた。『燃える河』は計画された物語の途中まででであり、「火のおんな」で完結しているのだという。

「火のおんな」では登場人物と場面が整理され、リュウの情熱と、万吉の献身が協調される。筋立ての上での『燃える河』との違いを見ておくと、まず、武蔵温泉の場面はなく、したがって、万吉が大作を刺すこともない。（リュウが万吉を男として意識するようになるのは、梅枝の裏切りを知ったときになっている。）

大作と梅枝一座の興行主との間で、縄張り争いの決闘が起こるが、その騒ぎの中で、梅枝は、大作に顔を熱湯と刀で傷つけられた。それでも、男役として舞台に立ち続ける決心をしたのだった。

新しい結末はこうである。リュウの発狂の噂を耳にして、大作は芸者を身請けすることにした。その披露の日、直方で大火があった。火は川辺にまで広がり、彼の川舟、数百隻が燃えてしまう。何者かが油を川と船に撒いていて、火勢がすさまじかった。

芦屋からは、リュウと万吉の姿が消えた。「その後、二人の行方は杳として知れない。」

「火のおんな」は芦屋の神徳丸の火事で始まり、直方の大作の船の炎上で終わっている。どちらも夜火事で遠賀川を真っ赤に染めた。

葦平は『燃える河』でも、元々は、このような締めくくり方をしたかったのではなかったか。『燃える河』の武蔵温泉の場面は急展開であった。何らかの理由で無理に終わらせた感じがする。「火のおんな」は、元々の案のとおりに書ききって完成させることができたのだろう。

ところで、書き入れにある、もう一人の「どてら婆」とは誰のことか。『燃える河』には出てこない。一九五四年の作品集の表題作となった「女侠一代」の女主人公、島村ギンが「ドテラ婆さん」と呼ばれている。

ギンは山口生まれながら、若松で明治半ば、鉄道敷設にかかわった女請負師として名を挙げた。リュウと同じく男勝りだが、それは気性にとどまらぬ。年中どてら姿で通し、男のような言葉とふるまいだった。若いころ貧乏だったことから、また、最初の夫に肉体の悦びを開眼させられたこともあり、色と欲とを男顔負けに貪欲に追求したのだった。

それでも、どてら婆さんは男としてではなく、女としての一生を終ったという。養ってきた名ばかりの二番目の(内縁の)夫と別れ、やくざな年下の男、幸次に入れあげる。幸次が喧嘩沙汰で監獄に入ると、献身的に支えた。自らが脳溢血で倒れても、それまで通り、差し入れに心を尽くした。仮出所した幸次は若松に着くまで、ギンの死を知らなかったほどである。

ギンにはモデルがいた。玉井政雄の『ごんぞう物語』(一九六九)によれば、実際に「どてら婆さん」と呼ばれた、若松の伝説的な女侠客、西村ノブとのこと。子分が父金五郎を闇討ちしている。この事件は「女侠一代」にも取り入れられている。『花と龍』については言うまでもなかろう。どちらにおいても、どてら婆さんは金五郎の病室を訪れて、自分の知らぬところで起こったことで、金五郎のような立派な人物を殺すつもりはないと弁明している。ただ、後者ではマンの立場から書かれていて、彼女の軽蔑の対象になる。

ちなみに、『燃える河』にもギンを思い起こさせるような人物が登場する。リュウがヤマで出会う東ジュンという、元髪結だった、美人にして、男まさりの女親分である。性欲を満たすため、一夜限りの男を求めるのにあけっぴろげで、その屈託のなさ、明るさは、梅枝との恋に悩むリュウが憧れるほどであった。それでも、ジュンには得体のしれぬ悲しさがあると、リュウは見抜く。若い頃、思いつめた男に捨てられたに違いないと直感したのである。(ジュンの名前に注意。他にも、堀川の船頭の河原組重造、原田組種助、村田組東作、また神徳丸の番頭の星野順兵衛らの名が見える。)

さて、「女侠一代」も、作品集『女』に収録されている。「まえがき」で葦平は、好きなタイプの女が出てくる小説が集まっていると述べているが、他に「琉球舞姫」や「馬賊芸者」なども入っており、九州、沖縄など南方の女が多い、女性のタイプは風土や環境によって異なり、南国生まれの葦平は、自然に南国の女性を語ることが多くなったという。

九州は火の国と呼ばれている。阿蘇大火山をはじめ、火山だらけだが、そのなにものをも焼き尽くす火の情熱は、人間の血の中をも流れて、九州の女性たちの運命とロマンとを形成している。由来、九州には、女親分として、男たちを睥睨した婦人が多く「女侠一代」のどてら婆さんは、その代表的なものといえよう。「火のおんな」のおリュウも、遠賀川を焔の河と化するほどの激しさを示している。しかし、荒々しく強いというだけの女なら、私には興味がない。強さを打ちだしている半面に女としてのやさしさ、愛情、そして、美しさがなかったら、作品に書く気にならないのである。私が書きたいのは、やはり、人間の魅力であって、強さや激しさではないのである。


今回、三作品を読み返してみて、『燃える河』と「火のおんな」のリュウも個性的で忘れがたいが、「女侠一代」のギンに、より惹きつけられるものがあった。

それには、「女侠一代」の文章の密度の濃さという、文学作品としての完成度があるかもしれない。また、ギンの場合、その生涯が描かれており、これから人生の再出発が始まるリュウよりも、エピソードが多いということもあろう。

だが、それ以上に、自分の欲の追求に燃焼しきった、一人の人間の生き様と死を見せられた、その感動だろう。そして、男顔負けのやり手ぶりと、心底惚れた、しかし危険な男への献身というギャップの大きさ、不思議さ。これこそが、葦平のいう「人間の魅力」にちがいなかろう。

葦平に「どてら婆に負けはせぬ」と励まされたリュウだが、その後はどうだっただろうか。

Ⅲ　お時さんのために作る

この小壺天書房版『燃える河』の献呈本には、もう一つ、葦平の書き入れがある。今度はボールペン書きである。奥付の裏のページに

男ざかりをたとへていえば、
　牛《ぎゅう》のシモフリ力味《ちからあじ》
女ざかりをたとへていえば
　中ぐしうなぎのあぶら味
牛とうなぎが出あうた朝は
　しんしんとろりと陽《ひ》がまぶし
　　　　　　　　　あしへい
お時さんのために作る　一九五八年十二月二十一日

パージの時代に書いていた艶笑譚につながるような都々逸である。ここでもエロスは、明るくおおらかに表現されている。

一ページおいて、裏見返しの遊び紙にも次の二句が並ぶ。

横に時雨れて濡れよとままよ
　どうせ涙でぬれる袖
いろのいの字は命のいの字
　そこで色ごと命がけ

この「お時さん」とは誰なのだろう。随筆集『酒童伝』（一九六〇）に答えがあった。収録された随筆は、佐々木久子の雑誌『酒』に連載されたもので、各篇に葦平自筆の絵もつく。最後の「贈撥式《ぞうばちしき》」には一九六〇年、子年《ねどし》の正月用に、長く伸びた鼠の尻尾にぶら下がる河童たちが描かれている。

この「贈撥式」を読んで、書き込まれた都々逸は、新宿の飲み屋街を三味線を抱えて流していた「お時婆さん」に、葦平が与えたものだとわかった。

お時さんは、葦平が出会ったとき八十二歳だったが、いつもにこにこして、若い頃の美貌を彷彿させる色気があったという。亭主を八人変えたらしいが、「こっちに惚れてべタベタしているので、いやになるとポイさ。わけないよ」とのこと。もう男にあきたから、毎晩、立川から新宿に通っていたそうである。

「かなりの苦労をしてきたらしいのに、快活で、アケスケで、義理堅く、気持ちの良い江戸ッ子の気ッぷを失っていない。」こうしたお時さんの姿に葦平は、フランスの名高い道化役者を思い出し、彼女も本当は憂鬱でありながら、人を愉快にすることに徹しているのかもしれない、と思うこともあった。考えすぎかもしれないと付け加えるが、そういうことを考えさせる人物こそが、小説家の心をつかむのだろう。だが、ゆっくりお時さんの話を聞く機会がなかったという。

この随筆を書いてまもなく葦平は亡くなる。お時さんも早く小説に書いてほしいと言っていたらしいが、端役としてでも書かれることはなかったのだろうか。三味線弾きの老婆が書き込まれた場面がどこかにあったような気もするが確かではない。それとも、読み逃している作品に登場しているだろうか。

さて、ある時、葦平がお時さんに、都々逸を教えてやろうと言うと、三味線を差し出したので、表に万年筆で書いたが、それが「色のいの字」だった。また別の日、「横に時雨れて」を書き加えたという。後日、さらにねだられて、牛とうなぎの三部作を作っている。(「色のいの字」と「横に時雨れて」も葦平自身の作かどうか、この「贈撥式」の記述からは判断しかねている。どこか他に手がかりはないだろうか。)

なお、「贈撥式」とは、歌舞伎町の飲み屋に集まる「酒童」(「しゅっぱ」はカッパのもじり)たちの間で、お時さんを表彰しようということになり、象牙の撥を贈ることが決まったが、その贈呈式のことである。

こうしたお時さん贔屓の酒童の一人が、今目にしている『燃える河』の献呈本を受け取った人物のようである。

ところで、この、牛とうなぎの都々逸三部作の書き込みは、それらを作った折のものではないだろうか。酒場でのこと、即興の唄を書きとめようにも適当な紙がなく、使い慣れた万年筆も持ち合わせず、たまたま持っていた自著をメモ帖がわりに、誰かのボールペンを借りて書いたのではないか。字は粗く、考えながらの書き直しがいくつもある。(「横に時雨て」「色のいの字」もその時のものだろう。これらもボールペン書きである。)後日、そうした一冊に新たにリュウの歌を書き加えて、献呈本にしたとも考えられよう。

あるいは、飲み屋で相手に渡すべく、前もってリュウの歌を(ペンで)記して持参してきた献呈本に、その夜、作ったばかりの三部作を(たとえば、乞われて)書き入れたということもあろう。

いずれにせよ、これらの都々逸は、小説とは直接関係のないものだった。だが、決して場違いではない。作中、牛とうなぎの幸福な出会いに相当する出来事はないが、この率直で陽気な都々逸は、登場する川筋の男や女に喜んで受け入れられるだろう。たとえば、ヤマの女親分のジュンが宴席で唄っていそうである。

それ以上に、「そこで色ごと命がけ」は(誰の作であれ)、『燃える河』のテーマにふさわしかろう。そして、前見返しに書かれたリュウの歌とも響き合う。リュウは、それに、どてら婆さんも、恋に生きた女である。

余談だが、ボールペンは、第二次大戦直後、アメリカで急速に普及し、進駐軍の兵士が日本に持ち込んだのを機に、日本でも使われ、作られるようになったようである。葦平のボールペン書きの字は初めて見た。かすれたり、ダマができたりして書き心地はよくなさそうである。

参考までに葦平の直しをみておくと、「たとへていえば」はどちらも元は「たとへてみれば」。「あぶら味」の「あぶら」は、何かを消した跡に「粋な」を書き、さらに「あぶら」に変えている。「出会うた朝は」は、元は「出会うたところ」。「しんしんとろりと」は「しんしんとろりの」だった。

「贈撥式」では、「まぶし」が「眩しい」となった。他にも、ひらがながカタカナや漢字になったり、「中ぐし」に「ちゅう」とルビが振られたりしている。

さて、お時さんへの撥の贈呈式は行き当たりばったり、一九五九年十月二十八日、新宿の店で行われ、葦平が代表として箱書きをした。

柳暗く花明きらかの新宿のネオン巷　美しきほがらかの老妓ありて三味ひきて歌をばうたう　げに無形文化財の価値あるにつき　酒童集まりて撥一丁を贈る

お時さんは贈られた撥を大事にするあまり使おうとしないので、古くなったらまたやるからと、使うようすすめると、「ああ、いい音だわ。やっぱりちがうわね。」そして、葦平はこう締めくくる。「お時さんのウットリした表情をみていると、こちらもうれしくなる。まったく美しいお婆さんである。」

お時さんと葦平の交流は週刊誌でも紹介され、贈呈式の様子も出版社が撮影したという。古い雑誌のグラビアにでもそうした写真があるのかもしれないが、探しようがない。幸いなことに、玉井さんから河伯洞所蔵のお時さんの写った写真を数枚、見せていただくことができた。「三味線婆さん」と呼ばれていたとのこと。東京の鈍魚庵で撮影したもので、宴席だろう、三味線を抱えて唄っている。

痩身、細面を想像していたが、ふくよかで丸顔の女性だった。葦平の言うように笑顔が美しい。

手談――あしへい打碁集――

玉井　史太郎

広辞苑に「シュダン」として「(手で相対するところから) 囲碁の異称。」とある。

相対する二人が、一手毎に交互に考えを闘わせることから、「テダン」と理解してきた。まさしく棋譜を並べてゆくと、打つ人の考え方や性格までも、一手一手に現わされている。そのことから、碁を打つことで、相手との会話が伝わってくる。「シュダン」と言うよりは重箱読みだが「テダン」の方がふさわしく思われてならない。

葦平と私との棋譜が、私が葦平に三子置いた何局かと、二子になり、そして先番になった二局が残っている。

それらの棋譜を並べてみると、まさしく「テダン」――父葦平との打ち碁の場面が手にとるように思い出される。

葦平は、日本棋院四段の免状を持っていた。とにかく碁を好み、私たち子供に「隅の曲り四目」から、「花六」など基本から伝授することが楽しそうだった。

青年となった子供たちには、本格的な碁打ちになるような期待は持たず、大人の趣味としてのタシナミに知っておくべきだとの思いからであったようだ。

いっしょに習った兄たちとは異なり、私はいつかは父を負かせてやると、碁の猛訓練をはじめた。父の蔵書の碁の本の習得、碁会所を訪ねての他流試合などを重ねる内に、井目から父と打ちはじめたのだが、急速に置き石を減らしていった。

そして、父に三子を置く頃から、私の勝碁を記録に残せるようになった。私の勝った碁ばかりを記録に残しているのを名付けて「手前味噌碁譜帳」と表紙に記してある。

相手は碁会所の有段者、友人の清水章君、小田実君、安養寺の住職・塩次一正さん、そして父・葦平との「テダン」が、何局かあり、今にして貴重な記録だと、父との碁を並べながら、父を偲んでいる。

私も年齢を重ねるなか、最後の仕事として葦平の碁に関わる本を世に残したいと思うようになった。

当時、プロの名人戦や本因坊戦の対局を、文壇人が観戦記を書くことが多く、そんな中で選ばれた葦平の観戦記も、何局か切抜帳に残っている。囲碁の雑誌などでアマチュアの対局も掲載され、葦平の打碁も何局かある。

それらを拾い集めて、一冊の本をつくりたいとの私の、父へのささやかな贈りものである。

その最初のものは、坂口博さんがコピーをしてくれた一九五六年一月号の「囲碁之友」誌に掲載された、坂田栄男九段と葦平の五子局である。

その観戦記を書いた勝本哲州氏の文章中に、葦平が藤沢秀行七段と五子局を打って快勝したとあるが、その棋譜がないのが、なんとも惜しまれる。

坂田九段（左）対文壇の王者　火野葦平氏
観戦中の石川達三氏（左）勝本哲州氏（右）

本誌特催　坂田教室　特別指導碁

坂田九段　五子　火野葦平

我が道を行く

九段　坂田栄男
五子　火野葦平（三段）
講評　坂田九段

昨秋の文壇本因坊戦に火野葦平氏が出場すると聞いて文壇の猛者連中は風にそよぐ葦の如くザワメきわたつた。それは火野氏がたゞに強敵と言うばかりでなく、その棋風が実に猛烈で、戦国時代の豪傑のように技よりも力で相手をガムシヤラに叩き伏せてしまうと言つたそれに対するザワメキであつた。結果は武運拙く本因坊を同じく豪勇倉島竹二郎氏が獲得されたが、文壇の歴代（と言つてもまだ三代目だが）本因坊の棋風を見ると、初、二代の榊山潤氏と言い倉島氏と言い、いづれも蛮勇無双の豪傑連ばかりで、村松、尾崎、川端と言つた名剣士肌の理論派は力に圧倒されているようだ

これはひとり文壇に限つたことでなく、アマチュアの碁と言うものは、大体力が技を圧倒する場合が多いのである。

火野氏の場合は殊に「理論より力だ！」と絶対信じて、上手にも下手にも向つてくるだけに、相当強力な圧力を加えてくる。だがこの力一点ばりが果して専門棋士に対しても通用するだろうか、恐らく読者諸君は「ノー」と思われるだろうが、その反証となる次の如き実例がある。

箱根で呉・高川本因坊戦が行なわれたとき、観戦記を受持つた火野氏が同席の藤沢秀行七段に五目で一番打つことになつた。

「只では面白くないから一席招待を賭けよう」と言う火野氏の提案に藤沢七段も賛成、もう御馳走になつた気で打ち出した。並居るおレキ〳〵も「いくら火野が蛮勇を以つてしても相手が名だたる藤沢七段では……」と藤沢方にのつたが、結果は火野氏の中押勝！

そこで今度は坂田九段との五子局と言うことになつたが火野氏の猛力よく天下の最高段者を五子で負かすか、坂田九段また本誌の坂田道場で不敗の記録を更に一つ重ねるかこの一局の興行価値を、前述の勝星が一層たかめている。

対局場は坂田九段邸の日本間、観戦者には石川達三氏が火野氏の応援に、毎日新聞の三谷水平氏も顔を出す。

火野氏もこの日はキチンと正座して慎重に一子一子を打下す、然し相手が坂田九段であろうと自己の信念は絶対不動だとばかり、敢闘精神を発揮したのでこの一局非常に面白い碁になつた。

（勝本哲州）

第一譜　気合いに生きる

(黒6は絶好の大場、白3、黒4、白5、とあるこの形では、6の点が最善最大である)

(黒8の手でい、に一間に受けていても勿論悪くはないが譜のように、8、10と下辺を盛りあげて打つのもよい戦法)

(白11、この手が坂田九段の本局における「趣向」の第一歩だつた)

講評　黒12では16にオサエ、白21、黒12とノビルのが手順である。

講評　黒14は損である。やはり16にオサエA図の如く運ぶのがよい。

(白に隅の実利を喰われると言うことは、下手は何とも思つてない人が多いが、これが実は非常に損なので、上手にジリ〱と地合で差を詰められるのも、隅を取られるからである)

講評　黒22ではろ、とコスミツケ、白は、と立つたとき、黒に、と一間にツメているがよい

(黒22と、白の堅い所を曲つても響かない、又22とマガルのなら、黒20のノゾキは打たぬ方が良い)

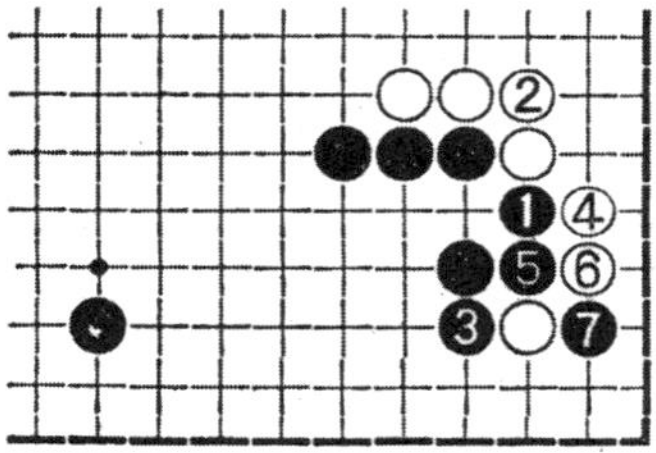

(A　図)

(白23と言うような手がなかなか打てない。漠然としていて捉えどころのない石だ。黒24でほ、とツケていればおとなしいが、24と白を裂いて行つたのは火野氏らしい裂しい打ち方、気合いのよい手である。相手が坂田九段であろうと、毫もいじけずに反撥して行つたところは豪宕な打ち振りだ)

第　1　譜　　(白1〜黒24)

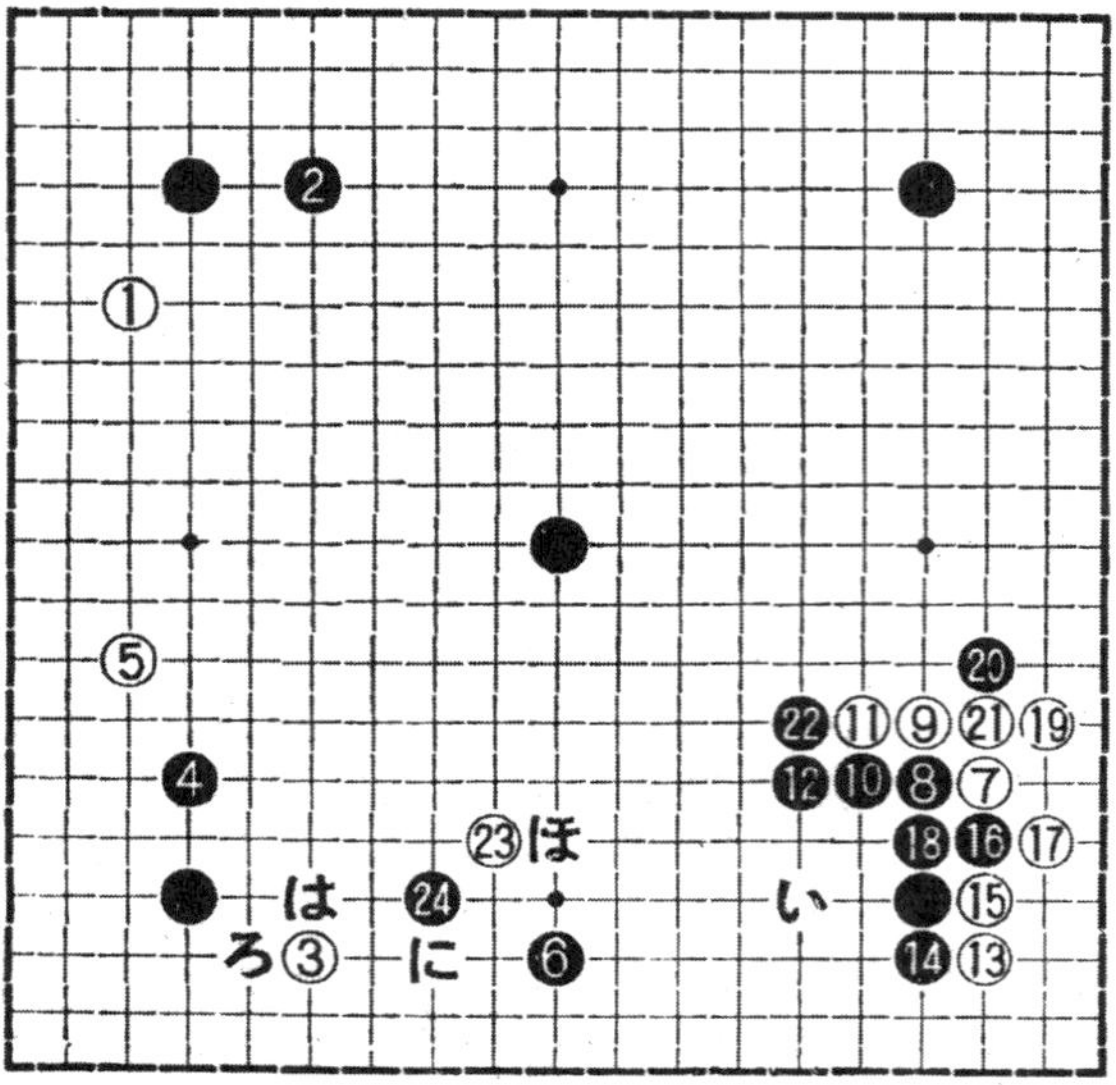

第2譜　双方巧妙な転身

講評　黒26では27と出てB図のように打つべきである。

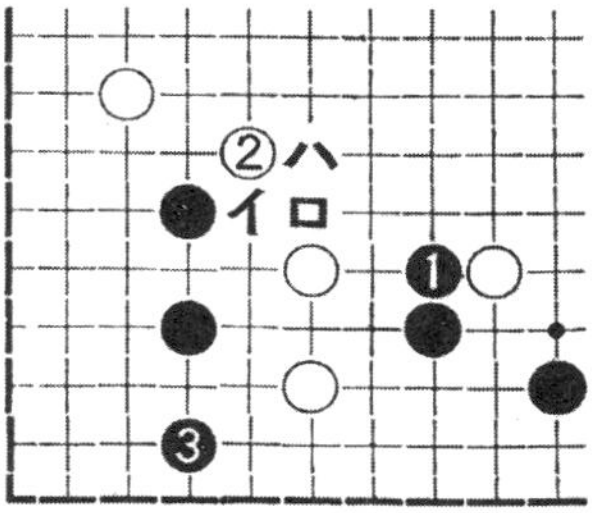

（B　図）

B図（火野氏は白2の封鎖を嫌つたのであろうが、黒3と打つて隅は活きている白2、と封鎖しても黒3、と打つておけば、後に黒イ白ロ、黒ハのデギリの狙いもあるし、封鎖は大して恐くもない。むしろ恐いのは白の方である）

講評　白29はい、にサガつているのであつた。黒30のコスミツケが巧い手であつた。（黒32で33に受けると、白ろとアテ、いに突き抜かれるから32は当然）

講評　黒34はヌルイ。黒はと打つて白の根拠を奪い攻めを残して打つのが良い

講評　白35は一路控えてに、なら堅いが、一面この黒を攻める意味では35迄進めないと眼形を奪えない。

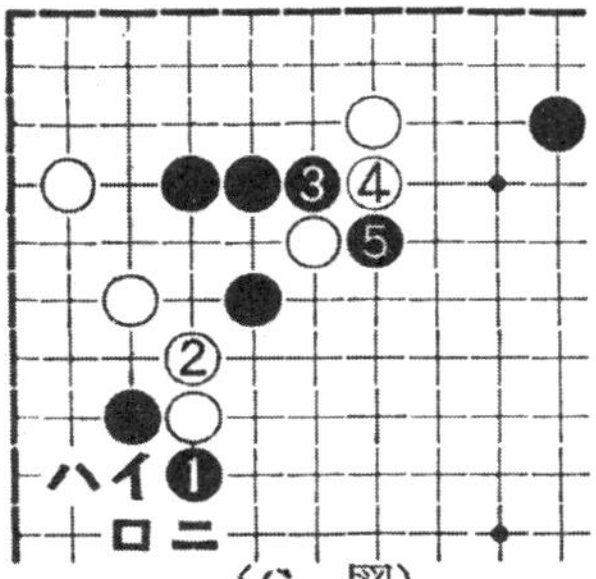

（C　図）

講評　黒40ではほ、とハサンで行きたい。

講評　黒44は悪かつた。この手では、へとハネてC図の如く打つべきであつた。

C図　黒1とハネ、白2の時、黒3、5とデギツて行く1の所を白イとキレば、黒ロ、白ハ、黒ニとツイで一目捨ててよい。（火野氏は白からと、のキリを警戒して44、46と打つたのだが、これは続いて黒ち、とキル手が成立する

第　2　譜　　（白25〜白47）

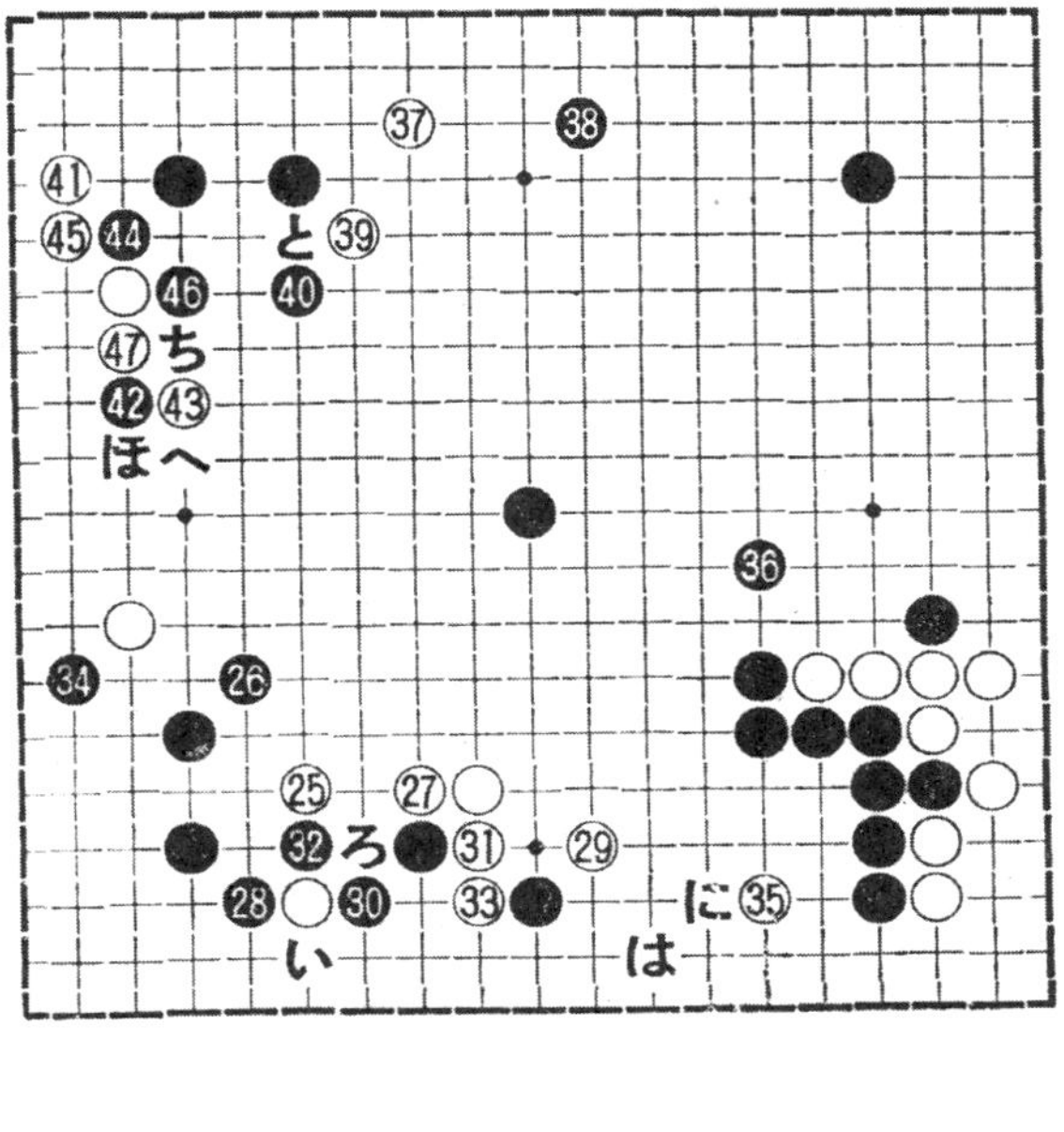

のでなくては意味をなさない。

第3譜　アテが外れる

（黒48でい、とキルと、D図の如く取られてしまう）

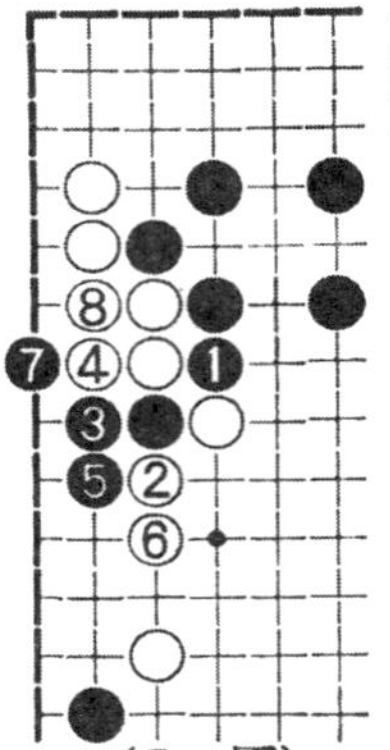

（D　図）

（白53で54とアテて出るのは俗筋）こう言う所は53からアテて55と出るのが手筋である。

講評　黒62、64はキビシイ好手筋。白61白のカヽリが稍無理であつたが、それを咎めての62、64に困つた。

講評　ところが黒68が大変だつた。何はおいても69にオサエてE図黒5まで先手打つておかなければならなかつた

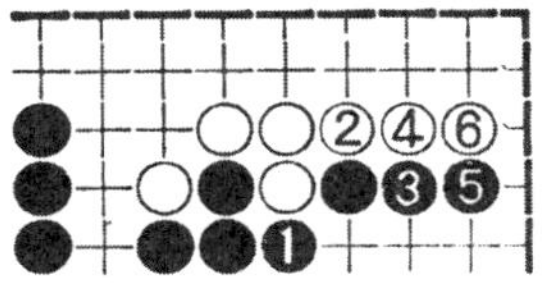

（E　図）

（火野氏は68と打てば、この白六子が何か動き出すだろうと思つたと言う、それから黒69にオサエルつもりだつたのが手抜きして69と打たれたのでアテが違つた。さらばと黒は70以下猛然と白に襲いかゝつた。

講評　黒76は打たずにおく方がよい単に78とケイマすべきである。その理由は、黒76、78と打つと、白は79、81とツケコシの手段で黒を切断する。ところが黒76と白77の打交をせずに78と打ち白79、81と打つと黒77とワリコム筋を狙うことが出来る。そのワリこまれる筋がなくなつたので白は安心して、79、81のツケコシが打てた。（黒78とケイマする頃は、相当この白は危ないのではないかと思われたが、局後に坂田九段に聞いて見ると「容易に取られる石ではない」とのことで白は自信を持つて69に出たのだつた）

第3譜　（黒48〜黒86）

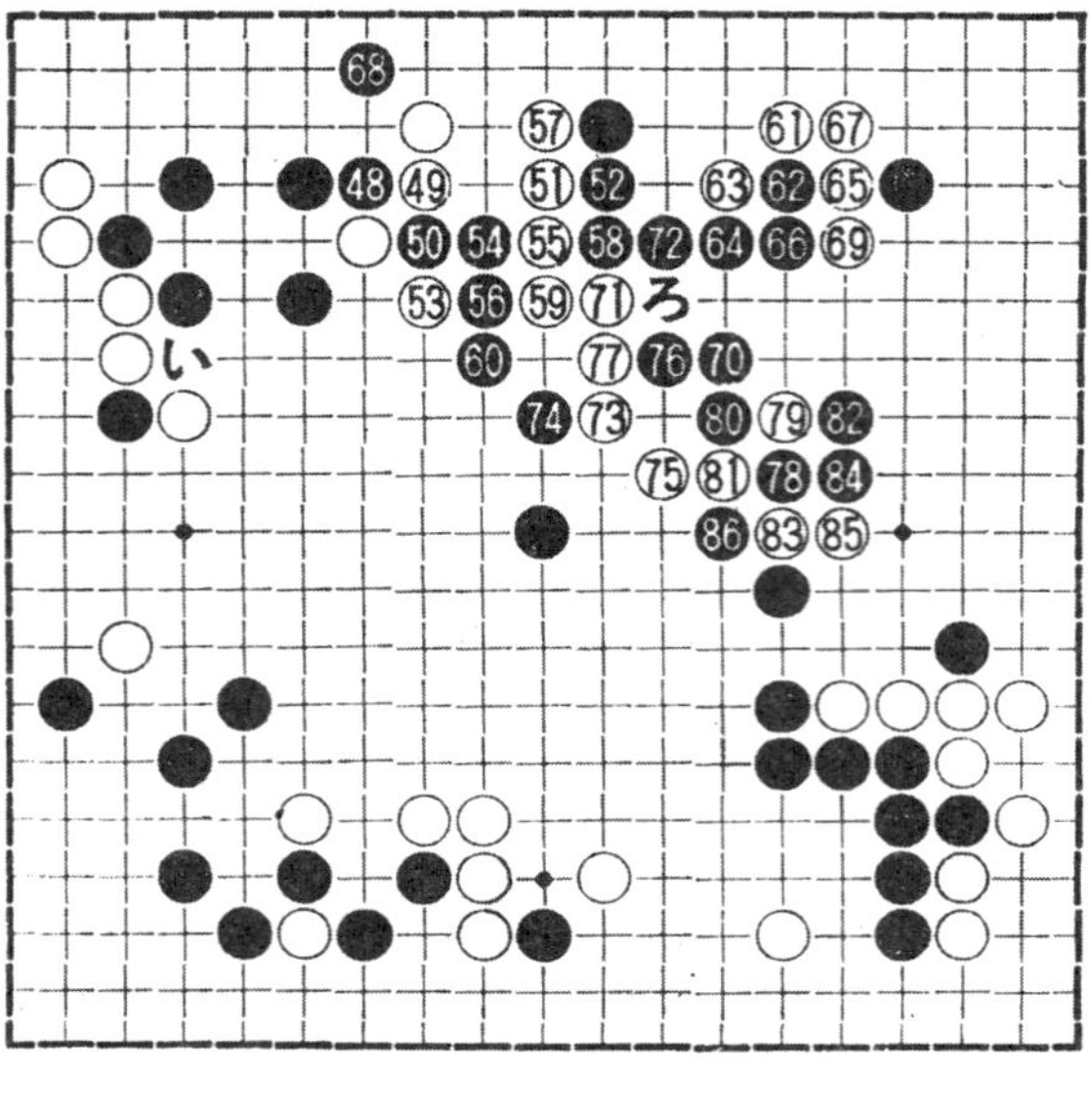

第４譜　「凌ぎの坂田」

講評　白87から93までと進出されては、黒は何を打つたか分らないことになつた。

（火野氏得意の猛攻も、相手が「凌ぎの坂田」の異名ある日本一の凌ぎの名人にかゝつてはうまく捕まらない。鰻が指の間から抜けるように89から93までヌラリクラリと逃げられてしまつた。こうなつて見ると、◎印に突き出されている形が何としてもヒドイ）

（白95とノビられて見ると逆に上辺黒の一団を治まらなければならなくなつた。黒96など打ちたくないのだが、自衛上まことにやむを得ざる仕儀と相なつた。応援の石川達三氏は最初から無言で熱心に見入つてたが、93と逃げ出されるに及んで「ウーム」と唸つた。このように白に楽々と逃げ出されてしまつては誰でも「ウーム」と唸りたくなるところだが、本人の火野氏はまだ唸らない。

そこで全局の形勢を観望して見よう。

白地は右上隅と下辺、左辺に出来そうだが、まだウスイ所もあつて未確定、確定しているのは右下隅だけだ。結局前にも言つたように隅を抉られることが、終になつて物を言つてくる。黒は左下隅は先ず確定地と見てよかろう、（実は終にこの確定地と思つた此処が目茶苦茶に荒されてしまつたのだが）左方中央が厚いから、此処にもいくばくの地は出来る。それと逃げられたとは言つてもまだ中央の大石を攻める余地が残つているから、問題は右上隅で、右上隅の白地を上手に消す手順に廻れば、まだ形勢は悪くないと見てよかろう。

但し五目の力量のハンデキャップを計算に入れゝば、相当楽観できぬ碁にされてしまつてはいる。

火野氏は100となおも攻撃の手をゆるめない。

第　４　譜　　（白87～黒100）

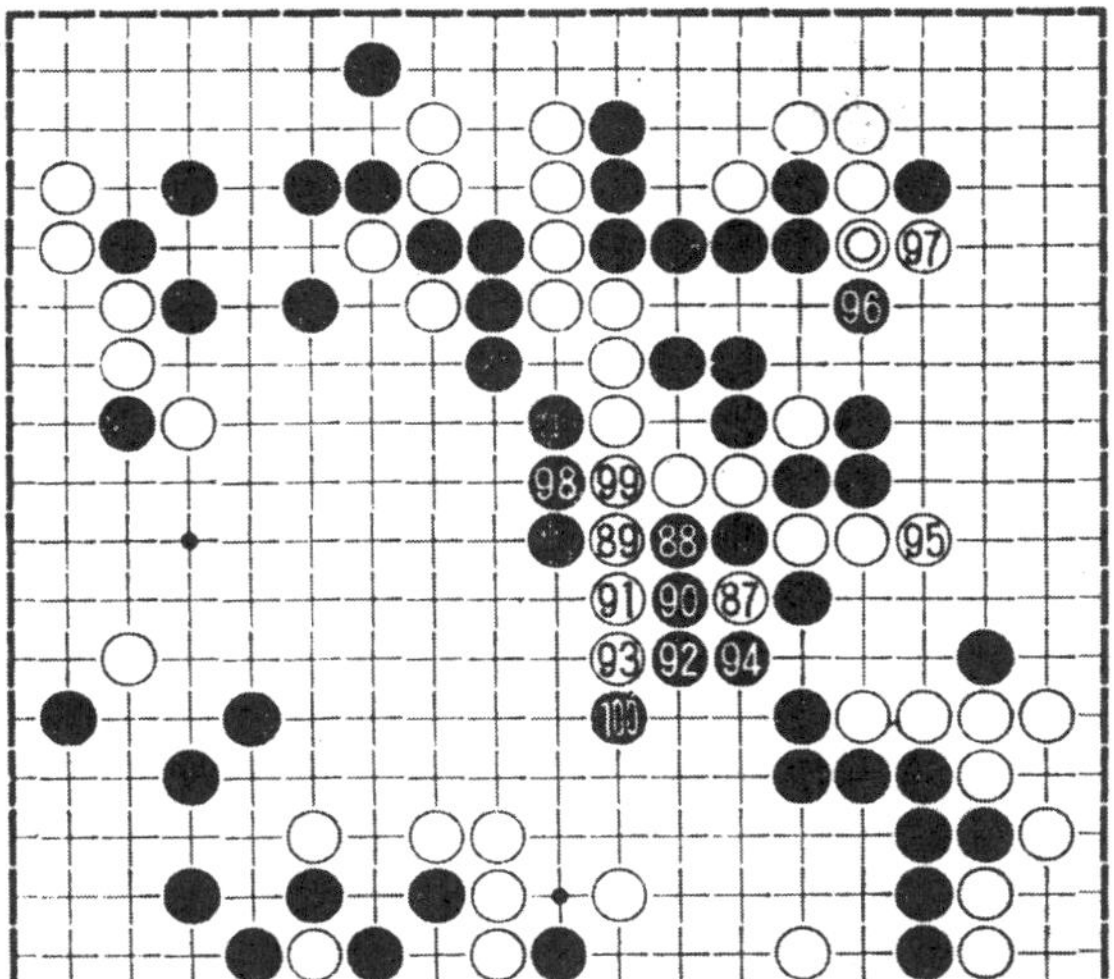

第5譜　大劫開始

（白9まで遂に白を連絡させてしまつた。10ではい、とハネたいところだが、F図の如

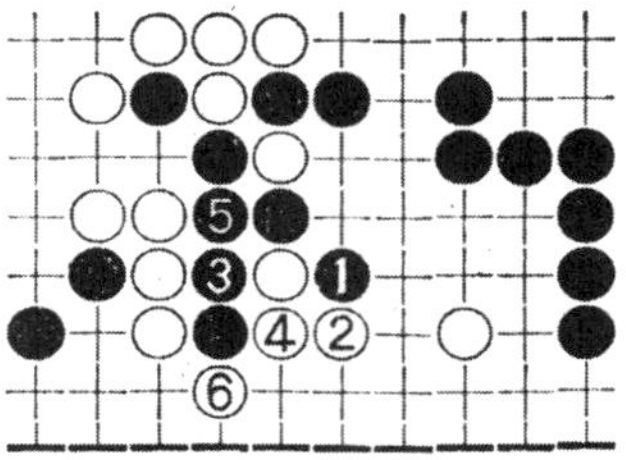

（F　図）

く白2とハネる手があつてたいして得にならない。黒12と辛抱したのは、後に黒22とツグ狙いを見ているので又一方下辺も黒ろ、のツケ筋を含んで後手に甘んじたのであつた。

講評　白19はやむを得ない。この手で20にキルと、G図の如くなつて、下方の白三子を取られる。（黒22、これが12と打つたときからの狙いだ。白23とカケツグ一手。そこで黒30と劫を挑んで決戦に出た勝敗を一挙に決する大劫だ。

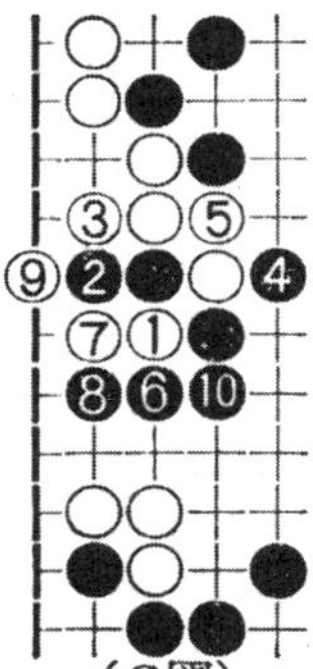

（G図）

第　5　譜　（白1―黒30）

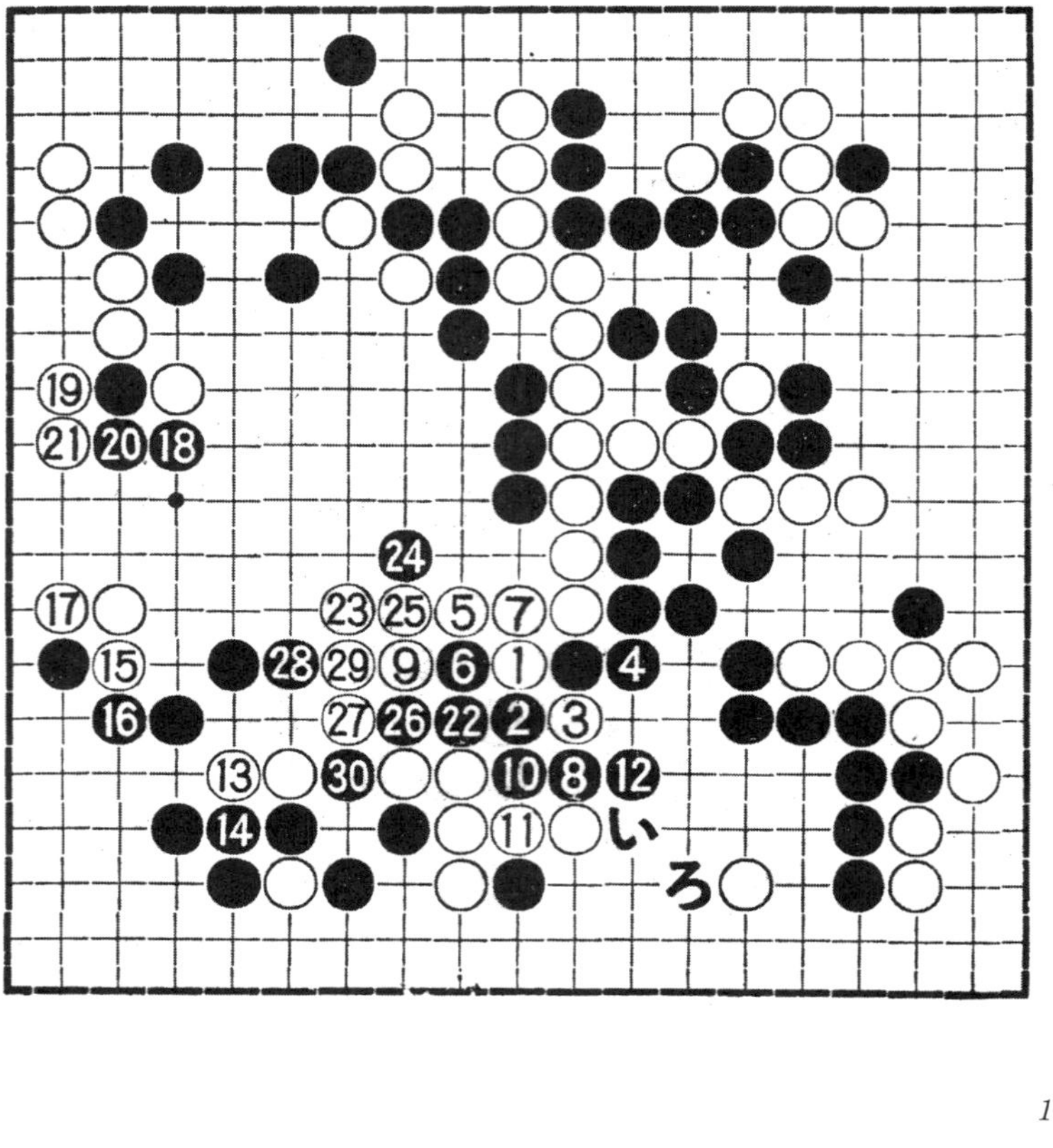

第6譜　弱気な一着

講評　黒32は非常に巧みな劫のたて方だつた。（32のキリは白の応手を見る意味で、非常に含蓄のある手だ。これを更に劫材に利用することは一石二鳥で、この辺アマの域を脱した気合、白33で35にツグのは、いかにも黒の意中を行くものとして気合が悪いと見たか白33の二段バネを強行した。

（白33で34にツゲば、黒ろ、のオサエが利いて、下方の三子と振替る）

（黒38は止むを得ない。白に38と出られると一眼もなくなる）

講評　黒40は弱気にすぎた。これが敗着であつたかも知れない、右上隅黒は、と劫を立てゝ戦うべきであつた。

（黒が劫に勝つて31にツイだ場合、下辺の白に死にがあるかどうかと言う問題。これは局後検討して見たが生死不明、仮に死があるとすれば益々大劫な訳で、40の如き緩着ではその代償としてはあまりに小さすぎる。それも黒が形勢有利なら別だが、目下不明の状態だから極力頑張るべきだつた。

㊴劫トル　**第　6　譜**　（白31―白41）

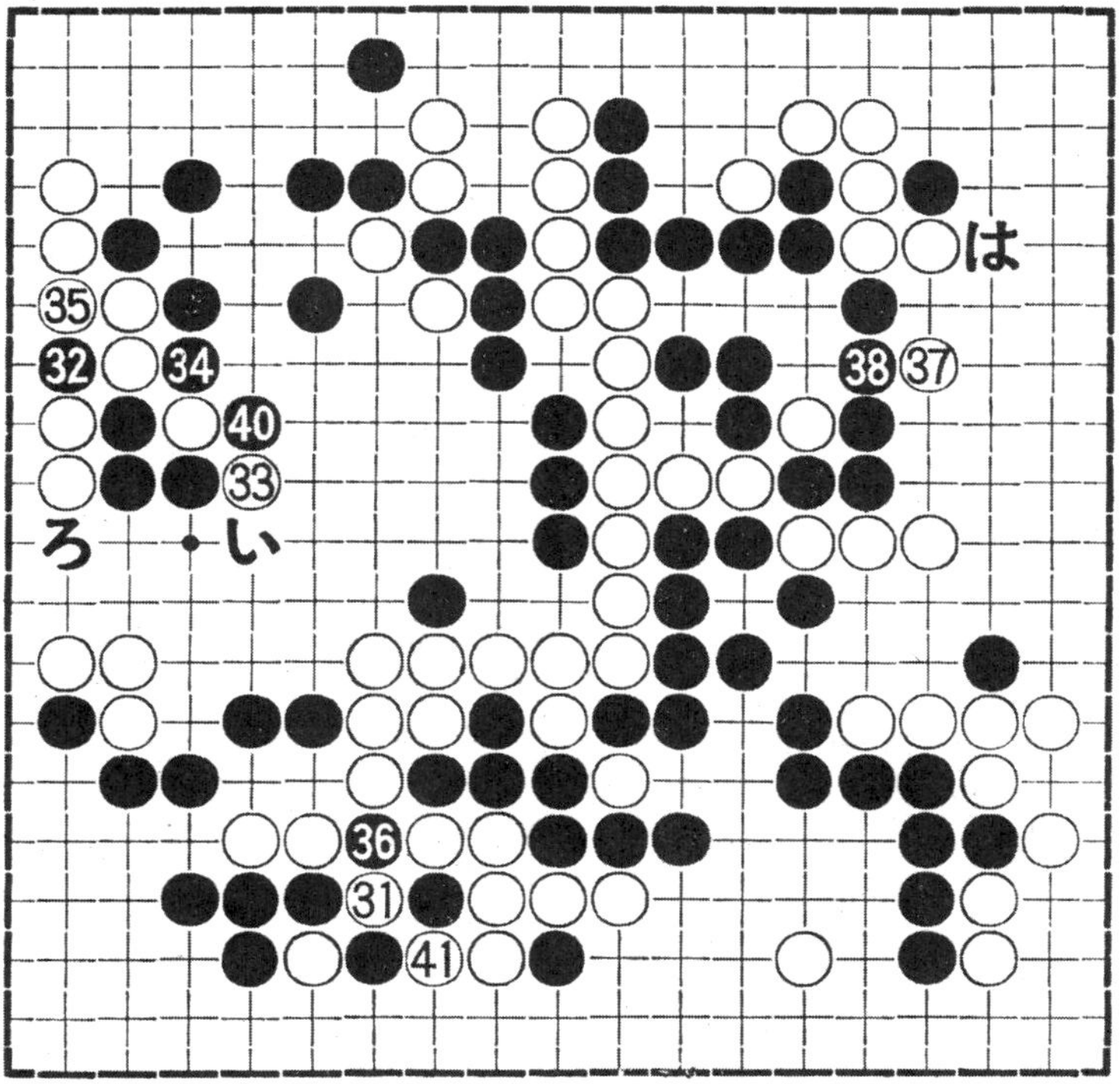

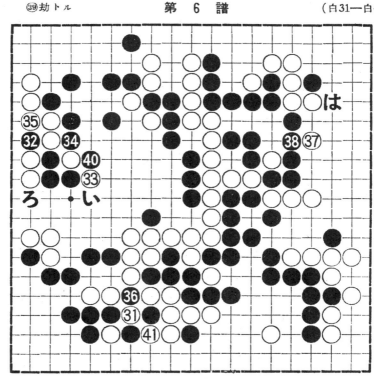

第7譜　「手段」不成立

こゝで第5譜黒30、と劫を挑んだ手の可否を反省して見ると、上辺の白の大石は、取れないとしても、劫をツイで下辺の白に判然死があるならよいが、一寸むつかしいとすれば、劫材不足であり、負けた場合、譜の如く白に打抜かれると、損失も大きいので「花見劫」とは言えず、結局時機尚早と見るべきであつた。又劫を仕掛けるなら、△印の二着は有力な劫立で、この劫材二つを失つたのは惜しかつた。

講評　黒42と打つたのでは「手」にならない。

黒42で43とハネルと非常にむずかしい変化になる。その一例を示すと

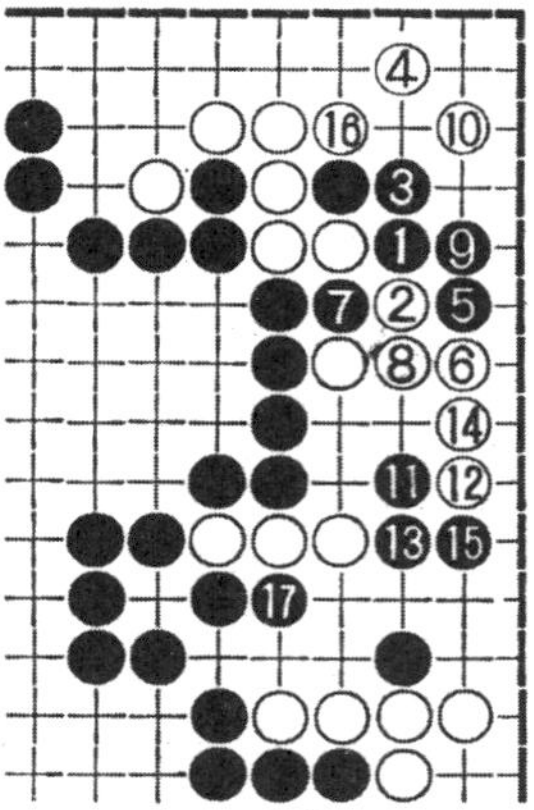

（H　図）

H図　黒1とハネルと、白10までとなる。そこで黒11と打つても、白12とツケル手があり、結局黒17まで、外側の白三子を取る程度の収獲しかないが、それでも譜の如く打つよりはよい。黒48でい、とハネルと、I図の如く打たれて簡単に死である。

I図　白8まで。次に黒イ、は、白ロ、黒ハ、白ニである。

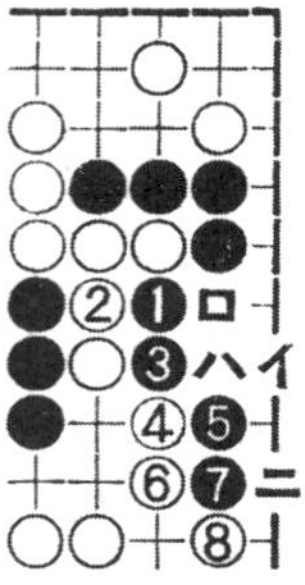

（I　図）

又48でろ、とツケルのがむずかしいが、白は、黒48、白に、黒ほとなるが、白へ、とツギが上方に利く関係で、やはりうまく行かない。（次に白と黒ち白り黒ぬ白るの死がある）

第　7　譜　　（黒42〜黒48）

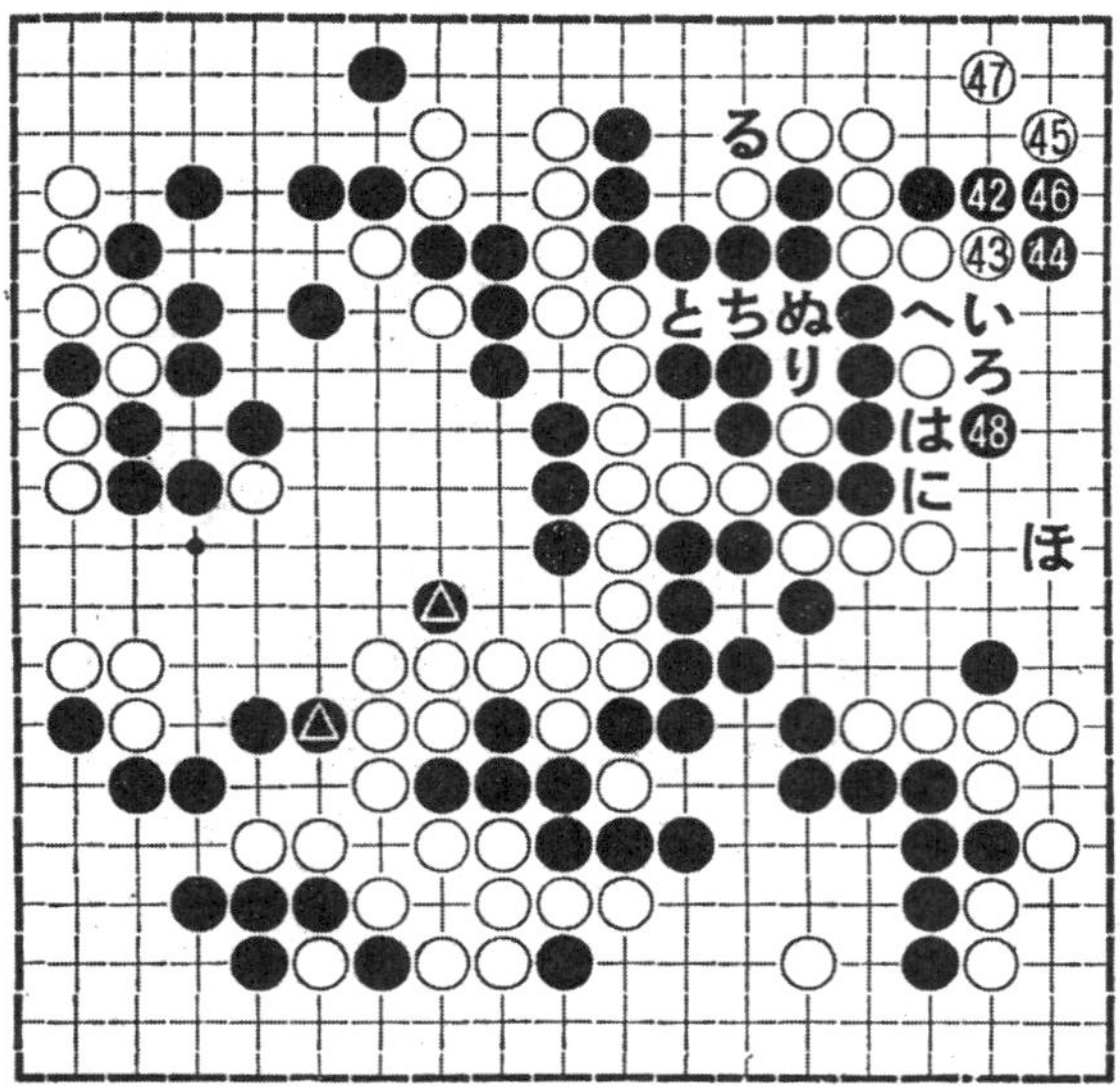

第8譜　黒地蹂りんさる

講評　白51で52にサガつて取つているのも大きい。どちらが大きいかは簡単に言えない（白51は無論隅に活きを見てのヌキである。黒もそれを知らぬではないが、兎に角眼先の実利に52とワタル。

黒54で55にコスミなどすると、J図のようになつて、只は取れないし、黒全体の眼形がなくなるから大変。

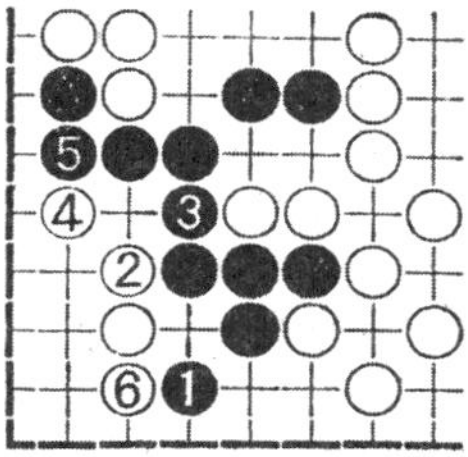

（J　図）

黒58でいにサガツても白ろ、のサガリが利いて、黒は、白に、で簡単に活き、黒60、62を打つておかないと、白ほ、とキリコム手がある。白65とトビ込まれて、中央の黒地も大して大きくはならない。白69とサガツて、下辺を確定し、転じて左上隅白79から87までと白地にされては、もはや黒の非勢は否めない。白67、のハネを利かして、先手に黒からのへを封じ、以下先手々々と大場を占めて行く白のヨセ振りは至妙を尽している。

第　8　譜　（白49—黒100）

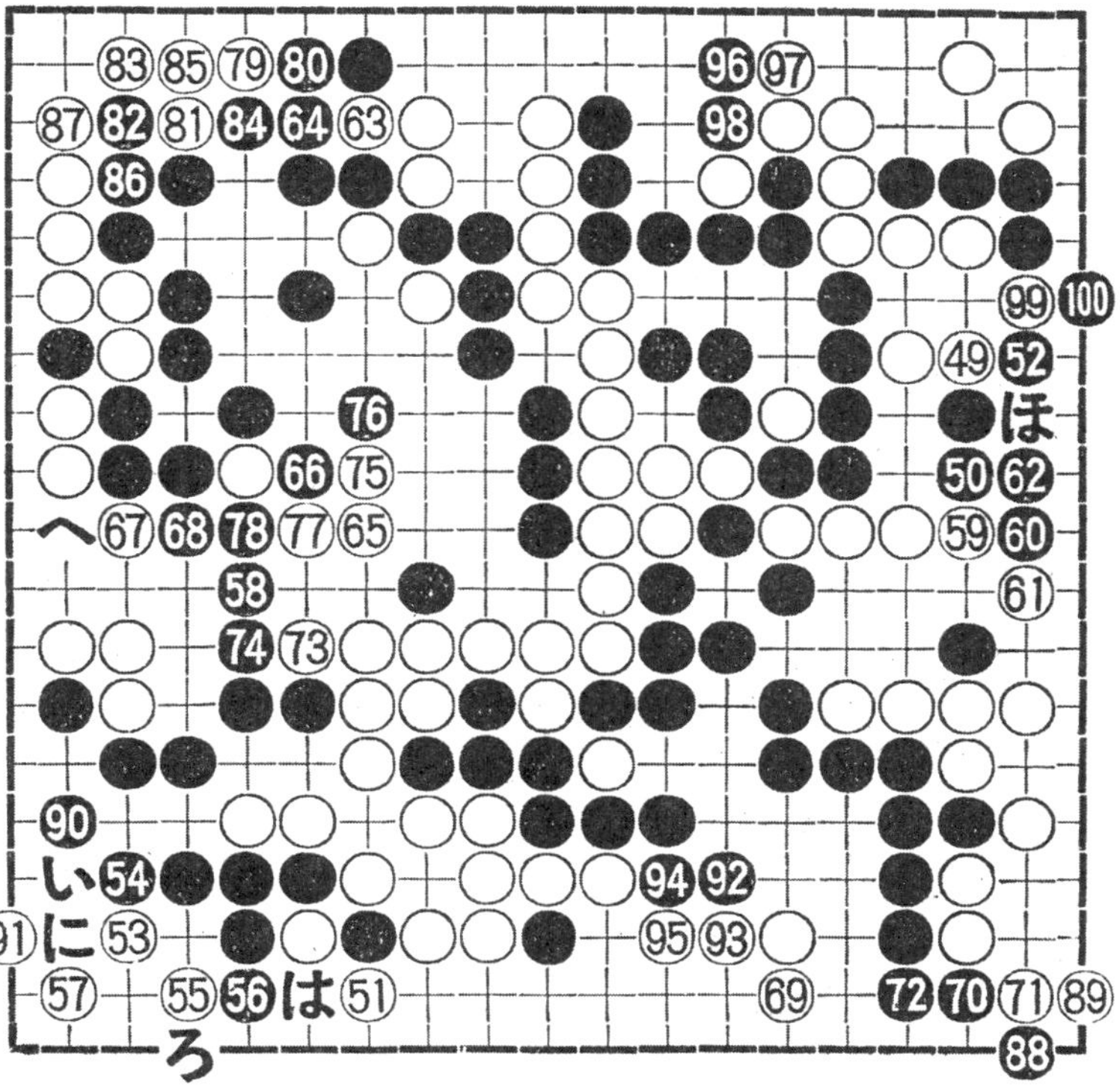

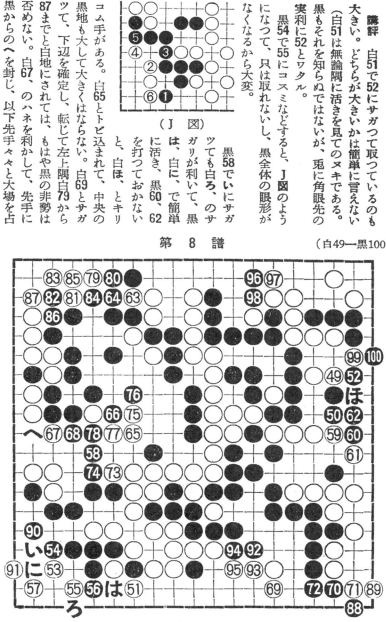

第9譜　白石は死せず

講評　結論として本局の敗因は、第三譜68の一着にあつた。それと、第5譜黒30の劫を仕掛けたことが時機尚早で、第6譜黒40の一目抜きが、劫替りとしてはあまりに価値が小さく、ために折角の左下隅の黒地がなくなつてしまつたのは大損害であつた。然し火野氏が、定石や形式に捉われず、自己の信ずる道を飽く迄進んだ敢闘精神は賞されてよい。

専門家の石と言うものは滅多に死なないものである。まして凌ぎの名人を相手にしては猶更である。だから敵に地を先に与えて、その代償として石を取りかけに行くと言うような戦法は大体失敗する率が多い。殊にこの碁のように隅を皆白に取られるような碁を打つと往々にして白にあまされる可能性がある。

遂に火野氏の強力をもつてしても坂田九段を倒すことが出来なかつたがこれで昨年正月より本道場開設以来依然として無敗の記録を続け本局で通算十一勝二持碁となつた。

黒20劫トル　白23同　黒26同
白29同　白65ツグ（34の所）半劫ツギ〱

計二百七十手完　白十六目勝

第9譜　（白61—黒70）

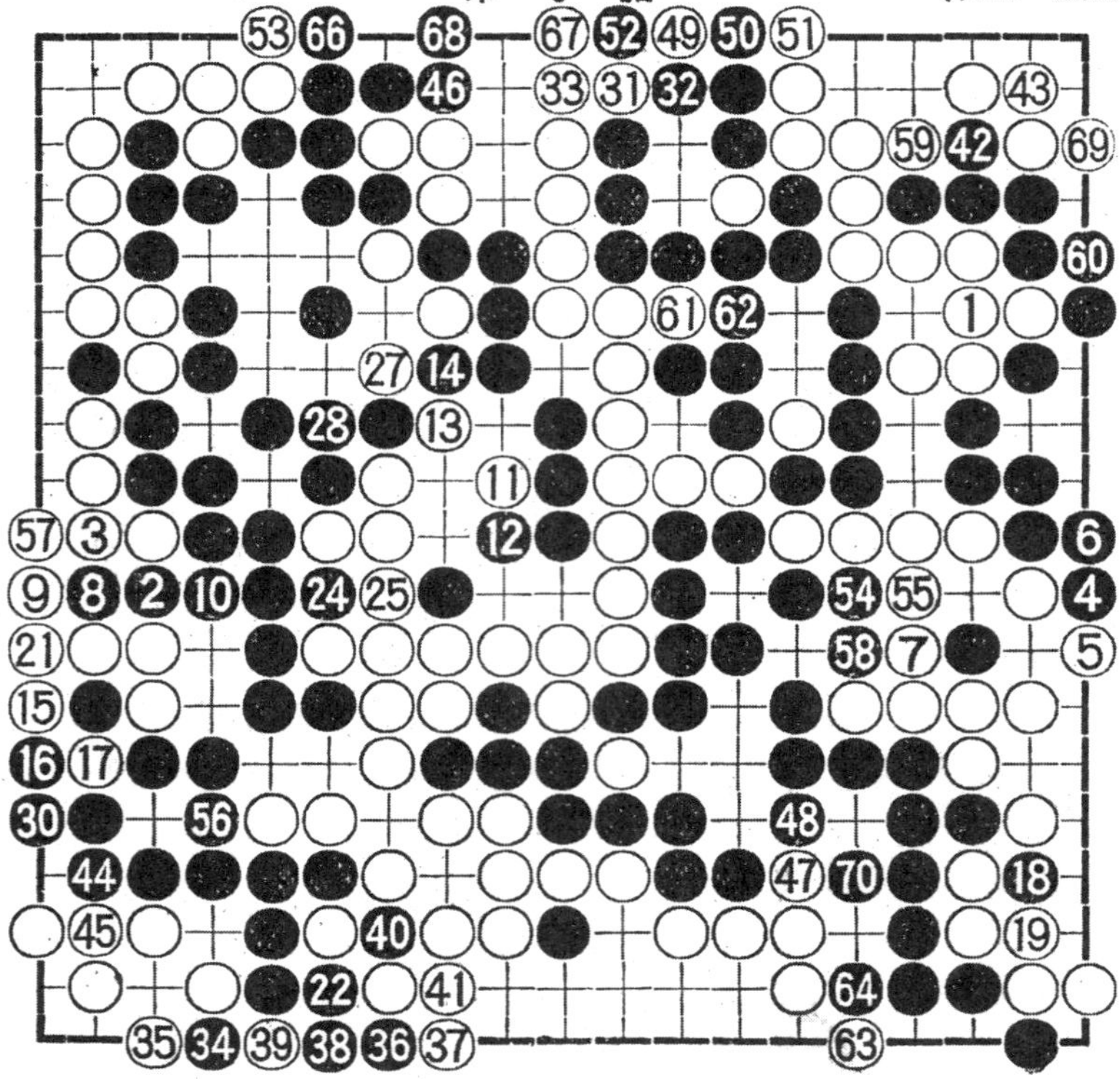

スポーツ考、昨今

宮崎勝弘

はじめに

スポーツ界をめぐるニュースがメディアを賑わせている。それも不祥事であったりゲームでの戦い方への疑問だったり、あるいは不明朗な組織管理と、殆どが負の印がつく。見渡せば「白けきった無気力の白痴化、つくり話とおろかな会話にみちた国会審議」（白井聡）に象徴される閉塞感が漂う社会。スポーツに触れることは、選手であろうと観衆であろうと、彼らは子どもには夢や希望、意欲をプレゼントし、少々疲れ気味の大人には安らぎや息抜きの機会となることを知っている。フェアや堂々、清々しさといった「正」のイメージを誇り持つ世界でのことだけに、問題続発はうんざりさせられて言葉もない。良くも悪くもプロ・アマの垣根が低くなった最近の傾向とどこかで関係しているのか、スポーツ界にも世間の様々な醜態や「汚染」が及んだということなのか、社会を映す鏡になっている。現象的にはスポーツの負の「社会化」といえる。

　こうした事態に、スポーツ庁の鈴木大地長官は２０１８年８月末、「スポーツ団体を信頼してきたが、高いインテグリティー（高潔性）を作り上げるのにふさわしくない団体もある」として、国の介入を示唆した。自民党行政改革推進本部は同年11月、官民の役割分担などを検討する五つのチームの設置を決定。この中にはスポーツ団体などの公益法人のガバナンス改革も入っている。それはまた、スポーツ界の独立・自律性や「政治」とスポーツの関係といった微妙や問題を内包している。

　さらに、メディアの舞台で視聴率競争に振り回されたりショービジネスに取り込まれたりと、危うい動きも懸念される。18年開催のサッカー・ワールドカップ（W杯）ロシア大会では、世界中に衛星中継される中、日本（世界ランキング61位）は決勝トーナメント（T）進出を果たしたものの、後味のよくないゲームを世界中に発信してしまった。決勝T進出をかけた1次リーグ最終戦最終盤でとった敗北の容認の自陣営でのボール回し。「成熟戦略」として〝ズルさ〟も必要と評価されるとはいえ、ルールの解釈によっては問題となるプレーだった。フェアプレーとは何かについて考えさせられた。

もちろん、暗いことばかりではない。水泳やゴルフ、テニスなどの分野で特に女子選手の国際舞台での活躍も目立つ。ハーフ・クウォーターの選手の躍動は、この国の国際化を実感させる。スポーツ界の現況について、視点を複眼的に定めつつ外野席から俯瞰した。

続発する不祥事

17年秋からの1年間、スポーツ界でどのような不祥事や疑惑が明るみになったか、ざっと拾い出してみる。

17年9月　カヌーの男子選手がライバルの飲料に禁止薬物を混入したり道具を盗んだりする妨害行為。連盟は選手を除名処分

10月　大相撲の元横綱日馬富士が秋巡業中、酒席で幕の内貴ノ岩に暴行、日馬富士は責任をとって引退

18年1月　日本レスリング協会の栄和人・前選手強化本部長が五輪4連覇中の伊調馨選手らに対し、パワーハラスメント行為を行っていたと協会第三者委員会が認定。栄氏は協会常務理事を解任

5月　日大アメリカンフットボール部選手の悪質タックルで関西学院大の選手が負傷。大学の第三者委は内田正人前監督と井上奨前コーチの指示と認定したが、両者は否定

7月　日本ボクシング連盟による助成金流用や公式試合における不正判定疑惑。山根明会長の反社会的勢力との交際も発覚、山根会長は辞任

8月　居合道の昇段審査の際、受審者が合格させてもらう目的で審査員に現金を渡す不正を、全日本剣道連盟が明らかに

8月　体操女子選手へのコーチの暴力と日本体操協会役員（塚原光男副会長、塚原千恵子女子強化本部長）のパワーハラスメント疑惑。塚原夫妻は職務停止

8月　ジャカルタでのアジア大会で、バスケットボール男子日本代表の4選手が公式ウエアを着たまま夜の歓楽街を訪れ、女性とホテルに入ったことが発覚。行動規範に違反したとして帰国処分

9月　日本ウエイトリフティング協会の三宅義行会長による女子の元日本代表選手へのパワーハラスメント疑惑。協会コンプライアンス委員会は会長の対応不十分としながらもパワハラの認定に至らず

このほかにも陸上競技指導者、瀬古利彦のセクシャルハラスメント発言やバレーボール男子日本代表監督、中垣内

祐一の交通事故などが起きている。スポーツ（界）は国民の多くが関心を持ち、あるいは直接間接に関わる、その意味では社会の有力な分野であり、子どもらへの影響を思うと看過できない。日本オリンピック委員会（ＪＯＣ）の竹田恒和会長は「問題を深刻に受け止めている。選手は若者に夢を届ける存在であり、青少年の良き模範であることの大切さをＪＯＣ全体で再確認し、厳格な規範意識をすべての関係者で共有していく覚悟だ」と言っている。

高校や大学運動における暴力行為とそれに対する処分が時折、新聞に出る。選手や指導者がどうして道を外れた行動に及んだのだろうか。パワーハラスメントを含め、そうしたことが発生する背景として、選手、指導者の経験や部活動での環境から来る生理的な「力」への過信と依存を指摘する声を聞く。暴力行為は指導や説諭の中で起こるが、「言ってきかせる」ではなく、文字通り「力」による痛みを通しての伝達である。異を唱えにくい支配・屈従の関係の中で、指導力不足の結果としての安易な「力」の行使といってもいい。「運動部体質」として批判されるものだ。「強めの指導」は当事者の弁解に過ぎない。しかも、表立ってはだれも容認しないものの、「よくあること」として見過ごされやすい。このため陰湿化する危険性を孕んでいる。

朝日新聞の五輪・スポーツ担当専門記者の潮智史によれば、競技団体では実績を残した選手や指導者が発言力を強め、役員になって権力を手にしてきた構図がある。年功序列や上意下達が組織の文化になった、という。そこからは規範意識の緩みや未熟なガバナンスが不祥事続発の温床あるいは誘因になっている状況が見えてくる。政治・社会の底が抜けたような森友・加計問題における責任倫理崩壊の惨状をみるとき、「スポーツ界よ、お前もか」というのは言い過ぎだろうか。

薄らいだプロ・アマの境界線

スポーツ界はいま、「プロ」を頂点に百花繚乱の感がある。プロと言えば長らく野球と大相撲が人気と技術を誇ってきた。大相撲の年間全6場所はもちろん、プロ野球の対巨人戦は殆ど全試合中継された。娯楽の多様化とも相俟って両者の独占状態に翳りが見え始めると、多くの競技団体が動き出す。ショービジネスの要素も加わったプロ化が大きな流れとなり、１９９３年、サッカーのＪリーグ誕生。以後、続々と登場し、バスケットにＢリーグ、Ｗリーグ、バレーはＶリーグ、Ｔリーグは卓球で、Ｆリーグは何かといえばフットサルといった具合だ。このほか、女子サッカーは「なでしこリーグ」がある。

また、ある意味でアマチュアスポーツの権化とされ、その地位を固守してきたラグビーも、プロ化を待望する声に押し切られ、あるいは促されて「トップリーグ」が生まれた。陸上や体操でもプロ契約をする選手が出てきた。内村航平は日本体操界初のプロ選手だ。しかし、観客動員が厳しく、二足のわらじを穿く「会社員選手」もおり、完全なプロとはいえない競技も少なくないのも現実である。

一方、「アマ」の代表格は議論はあるが高校野球。オリンピックもかつてはそうだった。国際オリンピック委員会（ＩＯＣ）のブランデージ元会長は「ミスターアマチュア」と呼ばれ、オリンピックにプロフェショナリズム、商業主義が持ち込まれることに大きく立ちはだかった。大会での国旗国歌廃止を提唱する一方、人種主義的とも取れる言動で物議を醸すなど存在感のあるスポーツ界の重鎮だった。プロとアマの間に厳然とした一線が引かれ、関係者はそれを意識してそれぞれ競技に打ち込んだといえる。

最近は聞かれないが、かつて「ノンプロ」という言葉があった。プロではないという言葉上の意味より、事実上、「社会人野球」のことを指した。どこか企業や地域組織に籍を置く。プロではない、だから「ノンプロ」。しかし、高校や大学で野球をやり、その延長線上で活動を続けている。そこからプロ球界に進む選手も多い。プロの予備軍的存在ともいえる。少なくとも純然たるアマではない。その意味では「セミプロ」といえる。「アマ以上、プロ未満」。「ノンプロ」はプロとアマが一線を画した状況が生んだ表現であり、それがあまり問われなくなって「セミプロ」が生まれた。これも時の流れである。

ＩＯＣがサマランチ会長時代になるとプロとアマの垣根は一気に下がった。とともに、オリンピックのみならず、有力競技の多く、いやスポーツ全般がショービジネスの色合いを濃くした。それに伴いスポーツ世界が活性化したとの評価の一方、責任ある立場の者は経営感覚が問われ、組織管理や金銭に関わる問題が発生するのは必然だった。それはまた、スポーツ像を変え、スポーツ界の様変わり促すことにも及ぶ。

スポーツ像の変質

スポーツ成立の３条件は、①身体運動性②競争性③娯楽性とされる。古代ギリシャを持ち出すまでもなく、当初は①と②の主流で、個人の世界でのこと、それもエリート色が濃かった。厳しい労働に追われる人たちにとってスポーツは遠い。時代が進むと、産業社会と「戦争」が鍛えられた身体と集団性を求めるようになり、それは一方で解放感や快楽の発見でもあった。鍛錬や競争が厳しく辛くても、そこに喜びや快楽があるから苦しさを受け入られる。戦いのルールを守る競技生活から集団性と規範意識が生まれ、フェアプレーが尊ばれ、スポーツの栄光が語られた。

さらに、余暇の拡大や情報化の進展に伴い、スポーツは、「する」喜びだけでなく「観る」楽しみの対象になる。楽しむのは観る側ばかりではない。最近はする側も楽しんでいる。ゲームが終了後、勝っても負けてもインタビューに「楽しめ（てよかっ）たと思います」と話す選手が結構多い。「思う」のは本人なのだからちょっと変なフレーズだが、勝ち負けの結果より楽しめたかどうかが価値が上なのだろうか。かつては練習など苦しくても、ゲームに勝てば癒される、苦しさが帳消しになると考えられた。それが、勝った上に「楽しめたと思います」と言われると、負けた側は立つ瀬がない。勝利を誇示しない婉曲表現なのだろう。競争、対決性が薄らいだのだろうか、とにかく競技観が変わった。

いま、「観る」のは競技会場に足を運ぶだけでなく、映像を通じて観戦可能となった。テレビやネット等の映像メディアからすれば有力なコンテンツの出現である。オリンピックを頂点にかつてはサッカー、ゴルフ、バレーボール、最近は陸上、水泳、卓球、カーリングと、国際大会は放映権の争奪戦となる。スポーツ中継になぜ執着するかといえば、一にも二にも視聴率への期待と制作費と関係からはじき出される費用対効果である。通信技術の飛躍的発展による衛星放送の普及が大きいが、テレビ局にとってスポーツ中継は何がよいのだろうか。

友人のテレビ関係者が内情を話してくれた。

「キーワードは『リアリティー』なんだ。テレビといえばかつてはドラマが主流だった。しかし出演者のギャラや制作費など負担が高騰して局の負担が増えている。いい脚本も発掘が難しい。だから、人気ドラマもたまにあるが全般的には下火になった。それに入れ替わるように最近は『バラエティー』が目立つが、娯楽性はあっても作りものでリアリティーがいまひとつだ。いまの時代を感性豊かに切り取ったり家族で安心して楽しめたりする番組も結構あるのだが、騒がしいだけ、「やらせと演出の関係は」と批判も聞かれ、どこか底が割れている。それに対し、スポーツは、一流試合になればなるほど臨場感に溢れ、当たり前なことだが、作りものでないアリティーがある。やらせはスポーツ世界では八百長を意味して、即アウトだ。逆に試合では番狂わせがある。そこにドラマが生まれる。制作費も計算できて予算も組みやすい」

しかし、スポーツ中継は一方で新たな問題を起こす。視聴率がゲーム成立をしばるようになった。視聴者のため「選手ファースト」と思えない開催が目立つ。時差の関係上、欧米のゲームの中継は日本では深夜から未明にかけての放送となる。東京五輪では、欧米のゴールデンタイムに合わせ、水泳競技などは朝から開始となるかもしれない。ともかく、スポーツ競技の開催がいろいろな意味と局面でメディアに左右されるようになった。

揺れる「フェアプレー」

18年のスポーツ界最大のイベントは、その関心の広がりや話題性からいってやはり、サッカーの第21回ワールドカップ（W杯）ロシア大会を挙げねばならないだろう。出場した日本代表は、1次リーグを突破して16強に入り、2大会ぶり、3回目の決勝トーナメント（T）進出を果たした。大会直前に監督が交代、同年に入っての欧州遠征でも調子が上がらない。１次リーグH組４カ国（ポーランド＝世界ランキング8位、コロンビア＝16位、セネガル＝27位）でのランキングは一番下という状況を思うと文句なく健闘したいえる。だが、話題となったのはそれではない。決勝Tを決めた対ポーランド戦終盤での戦いぶり、「時間稼ぎ」のボール回しだった。「勝ち進むための敗戦行為」に世界中から声があがり、波紋を広げた。

１次リーグ最終戦、対ポーランド戦に臨む日本代表が置かれた立場はこうだ。それまで1勝1分けで、次のゲームに勝つか引き分けなら自力で1次リーグを突破できる。一方、ポーランドは既に2敗していた。他会場では同時刻に1勝1敗のコロンビアと1勝1分けのセネガルが戦っていた。前半０－０で終えた日本は後半14分、相手のフリーキックから失点。気になるセネガルもリードされていた。この状態のまま両ゲームとも終了なら警告や退場数の差で1次リーグ突破できる。西野朗監督は「勝負」に出た。後半37分、長谷部誠主将を投入し、更なる失点回避のため攻撃をやめるよう指示した。選手はボール回しを続けるだけ。そのまま試合は終了、決勝リーグ進出が決まった。この日は敗戦だが1次リーグ敗退ではない。「負けるが勝ち」というか、決勝リーグに進むための負け方だった。筆者もテレビ中継を最初は楽しんでいたが、テレビを消すときは何か割り切れない、やりきれない気持ちになっていた。

リードされているのに点を奪い返しにいかない。少なくとも引き分けに持ち込めば1次リーグ突破決められる。しかも、他会場ではまだ戦いが続いていた。０－１で終われば決勝リーグに行けると決まっていたのならそれもあるだろう。セネガルの敗退が担保されていたわけではない。ベンチの選手からも「セネガルが点を入れたらどうするんだ」との声が。それなのにどうして、という思いは消えない。

確かに、勝ちゲームの終盤、自陣でパスを繰り返すあまり美しくないシーンを見ることはある。初のW杯出場へ２－１とリードしながら終了直前追いつかれたあの「ドーハの悲劇」（１９９３年）では、ボールを回すなどのしたたかさが必要とされた。しかし、今回は状況が違う。他会場の結果はまだ出ていない中での「敗戦行為」だった。時間稼ぎのパス回しについて、結果に拘ったしたたかな采配との評価もある。だが、「結果」は保証されたものではない。だから「賭け」なのだ。スポーツイベントの開会式でよく耳にする「最後まで正々堂々戦うことを誓います」がむなしい。

試合後、会見に臨んだ西野監督は複雑な表情で語った。時間が過ぎていく中で決断を迫られた。完全な他力。監督としては、究極の選択だったかもしれない。自分としては不本意。選手たちにブーイングを浴びながらのプレーをさせてしまった」。長谷部は「見てくださった方にはもどかしいサッカーになったけれど、これがサッカー」と話した。

日本代表の戦いぶりにボルゴグラードのスタジアムだけでなく、国内はもとより世界中から賛否の声があがった。日本から会場まで足を運んだサポーターやファンは「素直に喜べない」「負けている状況でこれは、サッカー好きとして許せない。選手もつらかったはず。なにより、セネガルが追いついたらどうしていたんだ」とする一方、「世界で勝つには必要なこと。欧州なら当たり前。日本がここまでできたことが、むしろ感慨深い」という。都内で出勤の朝、号外を手にした会社員は「目標は決勝トーナメント進出。あれで良かったのではないか」と話した。

海外メディアも、「別の試合に運命をそっくり預けるとはあぜんとする」（英ＢＢＣ番組）「日本は予選を通過したが、栄誉は伴わなかった」（仏スポーツ紙レキップ）「失点を恐れ、パス回しで時間をつぶすことを決めた」（イタリアのコリエレ・デラ・セラ紙）と厳しいが、ＢＢＣはまた「日本が悪いことは何もない。ルールが存在し、ルールによって予選通過を決めた」という視聴者の声も紹介している。

ルールといえば、国際サッカー連盟（ＦＩＦＡ）日本サッカー協会（ＪＦＡ）は負けを意図することがフェアプレーに反することを明確にしている。ＦＩＦＡのフットボール行動規範は「勝利はあらゆる試合のプレーをする目的です。……全力を出さないことは相手への侮辱です。試合終了の笛がなるまで勝つためにプレーしなさい」としている。日本代表の対ポーランド戦でのプレーはどう考えたらいいのだろう。

メディアは概ね好意的だ。朝日新聞の清水寿之記者は「苦渋の一手。選手が理解し、運も手伝って、実った」とし、藤木健記者は「日本代表は悪質な反則をしたわけでも、相手への敬意を欠いたわけでもない。着実に目的を達する、成熟した姿を見せたのだ」と書いている。編集委員の稲垣康介は「勝てば官軍とは思わない。でも、複雑な条件が絡み合うなかの苦渋の決断は、多様な視点で物事を考える教材として貴重だと思う」と述べる。社説は「子どもに『代表を見習いなさい』とは言えない、サッカーの醍醐味をそぐプレーだった」と、長谷部選手の「これがサッカー」に疑問を呈した形だ。

長谷部発言はサッカーの頂点に立つＷ杯を勝ち抜くためのもので、サッカーのそのもの、本質を脇に置いたものと思われる。ポーランド戦でのパス回しに違和感を覚えつつ、賛成派が目立つ世論に危機感を抱く同スポーツ部の忠鉢信一は「勝利とフェアプレーの両方で手本となるのは高度な要求だが、それに応えるのが日本代表の責任だと思う。過ちを認めることもフェアプレー。結果がすべてなら、サッカーは文化にならない」と警告する。

では、識者はどう見ているか。まず元日本代表監督の岡田武史。「結果が出なければ、なにをいっても言い訳になる。日本のサッカーは美学ばかりが先行し、現実的な戦い方ができなかった。これもひとつの壁を越えたことになる」という。大方はなるほどと納得するだろう。でも、負けた戦いのほうが学ぶことが多いともよく耳にする。敗者への慰めだけではないだろう。高校サッカー界の指導者、長崎総科大付監督の小嶺忠敏は「決勝トーナメント進出という結果が大切で、戦術としてありえる。国民もその結果を望んでいたはずだ」とし、「賛成派の世論」と軌を一にする。さらに、「記憶に残る、貴重な体験を共有できた」という柔道家で筑波大教授の山口香はこう踏み込む。「ルールに反しない限りフェアだと考えているので、今回の戦術も極端ではありますがフェアだったと思います。観客のブーイングはルールが招いたわけで、監督や選手ではなく国際サッカー連盟に向けられたと受け止めるべきです。最後まで全力を発揮させることにならず、テレビ観戦も含め観客につまらない時間を作ってしまったルールをＦＩＦＡがどう考えるかですね」と。フェアプレーのあり方を問うている。フェアの根拠を法的規定に求めているが、精神性を含めた態度や姿勢とする理解もあり、これには異論もあろう。

対ポーランド戦は子どもも見ていることから、「最後まで正々堂々と戦う姿勢を見せてほしかった」という早稲田大教授の友添秀則（スポーツ倫理学）は「勝ち上がることは大事なことだが、勝つためなら何をしてもいいというような誤ったメッセージにならないよう、プロ選手も意識するべきだ」と注文をつける。西野監督が今回、チームの命運を他国の試合に託し、守勢に回ったことに、批判よりも「組織のトップとしての実力を感じた」という千葉商科大名誉教授の藤江俊彦は「撃沈覚悟で目の前の合戦にただ突撃するのではなく、全体を俯瞰した上で、前進できる可能性の高い手段を選ぶ。成熟した戦略だった」と評価する。

一つのプレーに甲論乙駁、多様な意見や見方、思いが行きかう。「言論の自由」なんかを持ち出すまでもなく、サッカーが逆に、自由な生活空間をつくる牽引車になっているように思う。サッカーライターの吉崎エイジーニョは「こうした議論が出来るようになったこと自体が幸せ。日本のサッカー文化は発展している」といっている。

悩ましい「政治」との間合い

不祥事が続出となれば当該団体の管理責任が問われ、監督官庁、さらには「政治」が出番とばかりに乗り出してくる。今回も超党派のスポーツ議員連盟は18年7月、不祥事への関与を含めスポーツ庁の権限強化を求める提言をまとめた。現行では、スポーツ庁は助言できても強制力はない。国の介入となれば各方面から反発や排除の求める声が予想されるから簡単には動けない。スポーツ団体側も「スポーツと政治は別」と当事者自治を強調するだろう。

しかし、である。スポーツと政治の関係で直ぐに思い起こすのは１９８０年のモスクワ五輪ボイコットという苦い経験だ。旧ソ連のアフガニスタン侵攻に抗議して同五輪不参加を呼びかけるアメリカに対し日本政府は対応せざるを得なかった。出場すれば金メダル確実とされた柔道の山下泰裕やレスリングの高田祐司らが涙ながらに参加を訴える。

だが、同年5月24日、同調を求める政府関係者が見守る中で開かれた日本オリンピック委員会（ＪＯＣ）の臨時総会は不参加を決議した。カナダなど約50カ国は不参加を決めたが、フランス、イタリア、スペイン、オランダ、ベルギーなどヨーロッパの国の多くは参加。イギリスは、政府は「不参加支持」だが同国オリンピック委員会はそれを拒否して独自に選手を派遣した。

こうした時こそ、スポーツの独自性を問い、訴えるいい機会なのだが、しかし冷戦下、アメリカの要請を無視することはできない。わが国とアメリカの要請を無視する……

だが、わが国とアメリカの力関係の半ば絶対的とともに、政治の下に置かれるスポーツというもう一つの配置図を見せ付けられた。心あるスポーツ関係者の間では5月24日は「敗北の日」として記憶されているという。

そうした状況を敷衍すると、いろいろな風景が浮かんでくる。政治とスポーツの関係が日ごろの学校現場や末端の第一線で問題になることはあまりない。しかし、いわゆる政治家や「有力者」が絡んだりすると、スポーツ関係者は「政治」によくも悪くも臆病になる。あるいは意識的に無関心を装って避けたりする。態度や行動で表さないまでも、その意識が働く。それが「上」に行くにつれて両者の関係は密になり、親和性が生まれ、一体化を帯びてくる。ムラ社会にも通じるもので基本的には「政治や体制に包摂されるスポーツ」という構図だ。こうなると、スポーツの政治からの独立は建前や形式といった色合いが強い。

スポーツ界出身の国会議員のなんと多いことか。「上がり」のポストとは思っていないだろうが。それがよくないと言っているのではない。立候補する自由はあり、当選するには多くの国民の支持がなければできないのだから。思いつくまま挙げてみる。

スケートの橋本聖子は自民党参議院議員会長、先の自民党総裁選では安倍首相の推薦人に名を連ねている。堀井学衆院議員もスケート界出身、プロレス界では馳浩衆院議員は元文科相。大仁田厚、神取忍もプロレス出身で参院議員を務めたことがある。プロ野球からは石井浩郎衆院議員、堀内恒夫元参院議員、江本孟紀元参院議員、サッカーの釜本邦茂元参院議員は選挙で一度、苦杯をなめたことも。中畑清は２０１０の参院選に出たが落選。柔道ヤワラちゃんの谷亮子も元参院議員だ。江本、谷の二人以外はみな自民党からの出馬である。

これは偶然ではない。最近は政党が公認候補を募るとき、「公募」という手続きをとることも見られるが、政権を握る与党としては多くの立候補予定者を効率的に確保したい。その時、規範意識が強く保守色が濃いスポーツ界に目が向けられる。かつて、ある有名選手は「満員の後楽園球場（現東京ドーム）で試合ができるのも自民党のおかげ」と言ったとか。スポーツ界出身議員の一人ひとりについて出馬動機や選挙態勢を調べたわけではないが、元々、政治志向があったという話はあまり聞かれない。自民党が知名度や人気に目をつけ声をかけたと思われる。一方、競技団体は補助金等の関係で与党とパイプを持ちたい。そうした思惑が働くのは容易に推察できる。

こうなると、「政治」と「スポーツ」の関係について先に「包摂」としたが、少なくとも緊張関係は感じられない。そして、その結果としてのスポーツ関係者の政界進出なら、それは偶然ではなく必然といえよう。また、中央、地方を問わず、名誉職も含めると、スポーツ団体・組織の責任者に就いている現・元自民党議員は少なくない。大きな括りでいえば、それは一つの「体制」と呼ぶこともできる。東京五輪・パラリンピックの大会組織委員長は森喜朗元首相である。

こうした中で異色の存在感を見せるのはプロレス出身のアントニオ猪木だ。１９８９年、スポーツ平和党を結成し、参院選で初当選した。江本と連携するがその後別れる。６年後の参院選は落選。２０１３年の同選挙では日本維新の会より出馬し、国政復帰を果たす。その後、日本を元気にする会の設立に参加、現在の参院会派としては「無所属クラブ」。北朝鮮を訪れるなど独自の政治活動はよく知られているところだ。

なお揺れる祭典

神宮の森で進む新国立競技場の建設作業は18年秋には折り返し点を過ぎた。いま、威容を誇る建造物の最難関とされる屋根工事にかかり現場は慌しい日々が続いている。東京五輪・パラリンピック開催まで2年を切った。巨大イベントだけに様々な準備が進む。ハード面だけでなく、大会組織委員会は国連が掲げる「持続可能な開発目標（ＳＤＧｓ）」を推進しようと同年11月、国連との間で基本合意書に署名。環境と人権に配慮した取り組みを模索している。

だが、盛り上がりに欠けるのは否めない。要因の一つは経費。途方もない金額だけが問題ではない、積算根拠や先行きの不透明感がそれこそ「ハンパない」のだ。会計検査院は18年10月、政府がこの5年間で８０１１億円を支出したとする報告書を国会に提出した。大会組織委員会、東京都、国の三者は既に前年、経費総額を1兆３５００億円とし、組織委と都が各６０００億円、残り１５００億円は国が負担することで合意している。わずか1年で１５００億円ら5倍以上の８０１１億円に膨らんだ。ドンブリ勘定といわれても仕方ない。

何がこうさせたのか。そもそも１５００億円の算出に無理があったのか。五輪への国民の理解を求めるため、極端に経費を圧縮したことを数字で示さねばならない。その結果、事実上見かけとなったのか。それが「合意」に至ると一転して暴走を始める。「東京」「五輪」の紋章を誇示、時にさりげなく見せ、そこのけそこのけ「五輪」が通るといわんばかりに、である。中央省庁も便乗し、あるいは隙を衝いて関連事業を滑り込ませて抜け目ない。

確かに五輪経費か否かについての明確な線引きは難しいかもしれない。しかし、報道にもあるように、暑さ対策の一環として、気象予測の精度を高めるため気象衛星の運用費を「五輪関連」として計上するのは無理がある。ガバナンス（統治）はどうなっているのか、と言わざるを得ない。

当初から「大義なき五輪」といった声が聞かれた。近年、巨大な開催費用から大会開催に名乗りを上げながら具体的に詰める中で撤退する都市が見られる。札幌が撤退した2026年冬季五輪では、立候補しているカナダのカルガリーで招致の賛否を問う住民投票が18年11月に行われ、反対票が56・4％を占めた。ネンシ市長は「落胆しているが、市民は明快な意思を表明した。その方向で我々は進む」と事実上の断念を宣言した。残る2都市、ストックホルム（スウェーデン）、ミラノ・コルティナダンペッツォ共催（イタリア）も政府の財政支援の確約がなく、招致活動の先行きは不透明という。

五輪開催には透明性だけでなく、当該都市の住民を納得させる大義が求められる。ロンドン五輪（2012年）は「環境配慮」を理念に掲げ、大会会場や選手村の大部分は市街地再開発の対象地が割り当てられた。前回リオ五輪は南米大会での初五輪であることを世界にアピール。東京の次のパリ五輪（2024年）は、低所得層が多く暮らす郊外を再開発し都市中心部との住環境や貧富の格差解消に努め、テロなどの犯罪をなくす、ことを打ち出している。

翻って東京五輪は。安倍首相はオリンピック招致のプレゼンテーションで、福島第一原子力発電所汚染水事故に関し「状況はコントロールされている」と大見得を切り、開催が決まると復興五輪をうたう。だが実態はといえば、聖火リレーのスタートが被災地への配慮から福島県にしたことくらいしか思い浮かばない。逆に、五輪関連工事のため、東日本大震災の復興・復旧に関わる人手が足りないという。そうなれば、五輪が復興の足を引っ張ることになる。公式エンブレムの盗作問題や、やり直しとなった新国立競技場の基本設計など、トラブル続きの出だしだった。その後、落ち着きを見せているが、それでも今なお「なぜ、いま、東京五輪なのか」が議論の対象となるのはかなしい。

揺れるボランティア

東京五輪・パラリンピックはまた、近年関心が高まっているボランティアのあり方について一石を投じている。大会運営に関わるボランティアの募集が始まったが、「1日8時間、10日間以上」といった条件に「事実上の動員」「やりがい搾取」という批判が聞かれる。さらに、大会組織委員会は18年夏、文部科学省・都道府県を通じ全国の学校に文書を配布、「五輪期間中は7万人の大会関係者が訪れ、東京だけで2千台のバスが必要となります。部活動やサークル活動の夏合宿の実施時期をずらしてください」と大会開催への協力を求めた。そこに通低するのは「オールジャパン」

という考え方である。学校に届いた文書にも「大会はオールジャパンで行うので、教育関係者のみなさんもご協力ください」と書かれている。

「やりがい搾取」について、1964年の東京五輪のときアルバイトで英語通訳を務めた長井鞠子は次のように言う。

「当時はボランティアという言葉も発想もなく、必要な人材は原則、雇うという時代でした。とにかく楽しかった。五輪のような人類最大の祭典にかかわることは得がたい体験だと思うんです。今回、『やりがい搾取』という批判も耳にします。一面の真理はありますよね。ただ働きだと言われれば、その通りですから。高度成長期の64年に比べ、今は『失われた30年』とも言われます。頑張っても良い生活が来るとは思えない人が増えていて、搾取されていると感じてしまうのでしょう。

国が大学生に『意義がある』と言って参加を促すことにも違和感を感じます。ボランティアでどんな経験をするのか分からないし、嫌な経験もあり得るわけです。でも嫌なら参加しなければいいんです。国際オリンピック委員会はよく『五輪ファミリー』という言い方をしますが、もし参加するなら、五輪を盛り上げる一員という立場でいてくれたらと思います。日常生活とは違う経験ができることを、純粋に楽しんで欲しいです」

前回の東京五輪から半世紀以上、この時間の経過は大きい。時代環境はガラリと変わった。戦後復興のいわば一つの到達点として64年大会は位置づけられよう。その後もしばらくは右肩上がりの高度成長が続いた。今はといえば、少子高齢化、これまで経験したことのない人口減少の社会である。スポーツだけでなくあらゆる分野で多様化が進む。東京五輪・パラリンピック大会組織委員会はこれを受けるかのようにして、「全員が自己ベスト、多様性と調和、未来への継承」を基本コンセプトとし「史上最もイノベーティブで、世界にポジティブな改革をもたらす大会とする」としている。

問題は、低成長・関心多様化のなかで、一人ひとりがそれをリアリティーのあることとしてそれを捉えているかである。阿部真大・甲南大学教授（労働社会学）は、ボランティア募集を「事実上の動員」「やりがい搾取だ」とする批判について、「それはある意味で、日本の現状を浮き彫りにしている」とし、「オールジャパン」にも言及して以下のように続ける。

「今の日本では、国の繁栄と個人の幸福がもはやリンクしなくなっています。五輪が盛り上がっても、それは自分たちの幸せじゃないという感覚があるんじゃないでしょうか。一部の関係者や大企業がいい思いをするだけで、1日千円で働かされる自分たちにはその恩恵は下りてこないという思いがある。

若い世代にも、『オールジャパンで行こう』という感覚はあると思うんですよ。テレビで五輪やサッカーW杯を見れば盛り上がるし、渋谷で若者は熱狂する。ただそれは、オールジャパンという商品を消費しているだけです。

　ボランティアをするというのは、消費者だけでなく、公共圏の一員になるということです。オールジャパンを消費するのは楽しいけれど、ボランティアとして自分の貴重な時間を割くほどには、国への帰属感はなくなっている」

　阿部教授はこう言いながらも絶望しているわけではない。「地域」との関係に新しい動きを見るからだ。

「若い人と話していると、すごく自然にボランティアをやっている。みんなの笑顔を見たいから、と普通に言える。コミュニティーが弱体化しているからこそ、自分たちがなんとかしなくてはという思いが強いのでしょう。でもそれと『国のために』はまた別です。シビックプライド（地域に対する誇りや愛着）があるから地元で子育て支援はするけれど、ナショナルプライドには積極的にならない。2002年の日韓W杯では、いろいろな自治体が外国のチームを受け入れることでシビックプライドとうまくつながり、盛り上がった。2020年のようにいきなり『日本のために』と言われると、自分とは関係のない話だという意識が出てきてしまいます。五輪ボランティアに積極的ではない人が多いと嘆く前に、なぜ積極的になれないかを考える必要があります。ボランティア精神は死んでいない」

　成熟社会の新しい動きとしてボランティア論から始まった議論だが、これは国と地方のすみ分け、「中央」に従属する「地方」ではなく公共圏と意識され自立・自律した生活空間としての「地域」の登場という、地方分権時代の流れを浮かび上がらせた。この時代を特徴づける現象で通低することでもあり、「自治」の担い手に照準を当てれば当然ともいえる。

　地方分権については民主党政権失墜→自民党復権のなかで足踏みの感があるが、長期的視点に立てば「官治・集権」から「自治・分権」という流れを柱とする「熟柿改革」として進展方向ははっきりしている。Jリーグ発足とともに国民的スポーツとなった感が強いサッカーは、「地域」をコンセプトの一つとし、それまでの学校や企業スポーツとは別に活動の場として地域に根を下ろし、総体としてまちづくりに深く関わっている。スポーツが生活文化を担う好例といえる。こうした現実を目の当たりにすると、分権化の流れへの思いは揺るがない。

翔る若い群像

最後にスポーツ界の若い力の台頭にふれたい。年配の管理・指導者が並ぶ大人の世界やメディアに振り回されることも少なくないが、そこでの主役はやはり若い人たちだ。このところ、それまでとは少し違ったアスリートが目立つ。キーワードは女性進出と国際化。いま活躍する選手を思いつくままあげてみよう。

　先のジャカルタでのアジア大会で、出場レースで次々と金メダルを獲った水泳の池江璃花子。日本新記録を次々と更新し、いまは「スーパー高校生」だが、東京五輪で水泳ニッポンを担うのは間違いなく、期待がどんどん膨らむ。女子プロゴルフの畑岡奈紗にも注目したい。11歳でゴルフを始め2016年、国内メジャー日本女子オープンで史上初のアマチュアでの優勝を果たす。さらに翌年も優勝し連覇を達成。18年はウォルマートNWアーカンソン選手権で米ツアー初優勝を果たした。名前の「奈紗」の由来はアメリカ航空宇宙局のNASAで、「世界に羽ばたく子どもになってほしい」という両親の思いがこめられている。テニスの大坂なおみは今年（18年）、全米オープンで優勝した。4大大会シングルス制覇は日本勢として初。日米の二重国籍を持ち、テニス選手としては日本国籍を選択、日本オリンピック委員会から強化選手として認定されている。

国際化に関連すれば、陸上の男子に注目したい。父がガーナ、母は日本人のサニブラウン・アブデル・ハキーム、母が日本人でジャマイカ生まれの大阪育ちのケンブリッジ飛鳥は短距離。父がイギリス、母は日本のディーン元気はやり投げの選手。プロ野球にはナイジェリア人の父の日本人の母を持つオコエ瑠偉がいる。そういえば大坂なおみは、ハイチ系アメリカ人の父と日本女性の母のハーフ。こうした選手の活躍をとりあげると、メディアが、というよりわが国の少なくない人がその出自やアイデンティティーに関心を持つ。大坂は3歳からアメリカに移住し生活圏は日本ではない。基本的なコミュニケーションは当然のことだが英語。それもあって「日本人として扱うのはどうか」という声も出てくる。大坂は記者会見で「私は私」と真っ直ぐに答えた。このやり取りは、この国になお残る前時代的な鎖国根性をあぶりだした形だ。

18年秋の臨時国会は外国人労働者に関わる問題が焦点になった。いま、100万人をはるかに超す外国人労働者が暮らす。増加の一途で事実上の移民国家となっている。だから先の若いアスリートの出現は必然といっていい。身の回りや足元はすっかり国際化している。この流れは止まらない。スポーツ界は今後、様々な競技分野でこうした新しいアスリートが出てくるだろう。期待してそれを待ちたい。

あとがき

成熟社会への進行と相俟って、世の中でスポーツの持つウエートが大きくなった。象徴的なのが「運動」や「体育」を「スポーツ」と言ったり表記したりするようになったことだ。体育には「教育」のニュアンスがあり、運動は生理・身体性が付きまとう。これに対しスポーツは、「する」「見る」の中に楽しむという娯楽性がある。少なくとも体育より幅も奥行きも大きい。「社会化」した概念ともいえる。メディアでも、朝日新聞はかつて担当部門を運動部、紙面は運動面といっていたが、今はスポーツ部、欄外にあるように「スポーツ」（面）という。

祝日法が今年6月に改正され、「スポーツの日」と改称された。東京五輪がある20年は開幕日の7月24日に移すがその後は現在と同じく10月の第2月曜日となる。国の組織にスポーツ庁があり、何より11年に施行されたスポーツ基本法はスポーツを「世界共通の人類の文化」とし、スポーツ立国を目指してその理念を高らかにうたっている。

それで直ぐ思い思い出されるのは。女子サッカーなでしこジャパンの主将、宮間あやが2015年、サッカーの女子ワールドカップ（W杯）カナダ大会決勝戦の前日の記者会見で語ったあの言葉だ。

「女子サッカーがブームではなく、文化になっていけるように」

最近のプロ選手のゲーム終了後の談話は紋切り型が目立ち、聞いていて驚かされたり感心させられたりすることがあまりない。あまりに「想定内」で、時には拍子抜けしたりする。「……よかったと思います」「支えられていること感謝します」「次に繋がればいいと思います」という具合である。インタビュー側が個々のプレーにあまり踏み込んで尋ねないことや、選手側も同僚の話を聞いて学習するからこうなるのだろう。また、同じような話が続くのは、チームの管理者がメディアへの対応の一環として指導しているからかも知れない。社会の様々な分野で管理化が進んでいるから、スポーツの現場だけ例外という事はないだろう。同工異曲の談話の背景としては十分あり得ることだ。

それだけに、宮間の話は際立つ。ゲームに勝っても終了後、同僚と歓喜の輪に加わる前に、よく知る選手がいるとはいえ、まず相手チームに向かい讃え合う。宮間の、人として、またスポーツウーマンとして個性や見識がさせる行動と捉えられがちだが、「文化」発言はそれを超えた、女性が置かれた状況を理解し踏まえたものとして時代の成熟、進化を感じさせる。国際舞台で活躍するこの国の女性がそうした言動を普通にする時代になった。政界などではかばかしくないこの国の女性進出だが、スポーツ界における女性のポテンシャルを改めて思わざるをえない。「人は考えることで明日をつくる」という言葉が自然と浮かんだ。

なお、文中の識者の見解や関係者の談話等は東京で発行されている新聞各紙、主として朝日新聞最終版の紙面から引用、敬称は省略、肩書は掲載当時のものとしました。

《編集後記》

▼今年も一年が早かった。「早稲田」特集の予定だったが、文芸同人誌「街」を取り上げるのが精一杯だ。ただ、「解題にかえて」でも触れたように、葦平初期作品の紹介を、ようやく完結することができた。まだ未発掘の数篇は残っているにしても、主要文学作品を初出にしたがって公開することで、今後の葦平研究にも役立つことを願う。「兵隊作家」のレッテルが貼られる以前の、多様性を持った文学世界が、明らかになる。

▼今年は、１９１８年（大正７）の米騒動から百年だった。また、第一次世界大戦の終戦からも百年。同時にそれは、連合国軍のシベリア出兵からも百年の年にあたる。日本においては、シベリア出兵直前の陸軍兵が、全国各地の米騒動に「鎮圧」に出動した。「世界の記憶」にもなった山本作兵衛の炭坑画に、「ヤマの米騒動」という18枚構成の連続画がある。ここには、筑豊の炭坑に、小倉歩兵聯隊から派遣されたことが描かれている。銃殺・刺殺で3名の犠牲者も出た。その正当化に、坑夫が坑内作業用のダイナマイトを、兵士に投げつけたと軍隊発表、新聞報道された。作兵衛は、電柱に登ってダイナマイトを振りかざす男を描いた。好まれる絵の一枚だ。しかし、こうした事件はなく、誤った風聞に基づくと、歴史家は説明する。いや、「事実」よりも、こうした虚構のなかにこそ、民衆の抱いた「真実」がある。軍隊にダイナマイトを投げる男に共感する作兵衛の姿が見えてくる。

▼米騒動に触れたのは、北九州地区では、門司の沖仲仕から拡がった「暴動」も、戸畑で食い止められ、若松へは波及しなかったからだ。若松の民衆へ拡がることを、官憲は恐れたようだ。したがって、満11歳だった葦平の記憶に、米騒動は深く刻まれることがなかった。『花と龍』は、第一部と第二部のあいだの大正編を欠くが、「米騒動」のない若松を描きたくなかったのか。

▼本号には、若手ふたりの寄稿を得た。将来に期待したい。宮崎勝弘の「スポーツ考、昨今」からは、スポーツ万能の葦平が、最近の様子を見たら、どんな発言をしたかと、想像することができよう。また、囲碁・将棋も広義のスポーツに入る。

〈坂口〉

※次号の特集案は、いくつか出ていますが未定。葦平に関して、残された課題は、まだ数多くあるので、そのために貢献する内容を考えたい。積極的な投稿も歓迎します。毎年10月末を原稿締切としています。

「あしへい」編集委員会
坂口　博（代表）　小林修典
佐藤　充　玉井史太郎
増田周子　宮崎勝弘

河伯洞記念誌
あしへい　第21号
二〇一八年一二月三日発行
編集　葦平と河伯洞の会
〒808-0035　北九州市若松区白山一-16-18
TEL・FAX（０９３）７７１-０１２４
＊
発行所　花書院
〒810-0012　福岡市中央区白金二-９-２
TEL（０９２）５２６-０２８７
FAX（０９２）５２４-４４１１
ISBN978-4-86561-151-9